김수미 희곡집 5

고래가 산다

김수미 희곡집 5

고래가 산다

평민사

김수미 희곡집 5

고래가 산다

초판 1쇄 인쇄일 2022년 12월 21일
초판 1쇄 발행일 2022년 12월 26일

지 은 이   김수미
만 든 이   이정옥
만 든 곳   평민사
서울시 은평구 수색로 340 〈202호〉
전화 : 02) 375-8571   팩스 : 02) 375-8573
http://blog.naver.com/pyung1976
이메일   pyung1976@naver.com
등록번호   25100-2015-000102호
ISBN   978-89-7115-079-5 03800
정   가   16,000원

이 도서는 2022년도 한국문화예술위원회 아르코문학창작기금(발간지원) 사업에
선정되어 발간되었습니다.

목
차

서문

네다섯 번째 희곡집 서문을 쓰면서 이 책에 실리는 다섯 편의 여정을 정리해 보고 싶었다.

〈고래가 산다〉는 한강을 배경으로 쓴 작품이다. 2010 제1회 명동예술극장 창작희곡 공모 당선되어 2017년 창작산실 올해의 신작에 선정되면서 2018년에 공연되었다. 〈잔치〉는 등장인물의 출생 연도가 주요한 작품이다. 2011년 제5회 차범석 희곡상 수상작이다. 2016년 제37회 서울연극제 공식선정작으로 공연, 우수상을 받았다. 〈無題의 시대〉는 가상 세계를 다뤘고, 2012년에 쓰고 2022년 1월에 공연되었다. 〈잡아야 끝이 난다〉는 전직 형사들 이야기로 2017년에 쓰고 2021년에 공연되었다. 〈스카프와 나이프〉는 공항을 배경으로 2015년에 짧은 극으로 썼었다. 2021년과 2022년을 거치며 수정했고 2022년 한 해를 마무리하는 12월에 공연한다.

되짚어 보면서 여전히 바뀌지 않은 게 있다면 탈고하고 공연이 올라가기까지 몇 년의 시간이 필요하다는 거다. 이 책에 실린 작품만 그런 건 아니다. 쓴 해에 혹은 쓰고 빠르게 올라간 경우가 드물다. 현재도 공연을 기다리는 작품이 있다. 그 기다림이 차곡차

곡 쌓아 공연 연보를 만들었다. 누군가는 그런다. 시대를 너무 앞서 쓴 탓이라고. 속도가 너무 빨랐다고. 그럴지도 모르고 작가의 숙명일지도 모른다. 작가만 하기 때문일지도… 인연을 만나야 하니까.

이 지면을 빌어 공연으로 만난 모든 인연에게 감사의 인사를 남긴다. 내 작품을 애정하는 모든 분은 좋은 일만 있기를… 쉼 없이 쓰고 쉼 없이 공연했지만, 아직도 갈증하며 기다리는 작품도 있고 평가에서도 언제나 좋았던 것만도 아니다. 주목받으며 급부상한 시절도 빈약했다. 한번은 그런 시절이 올까.

그럼에도 썼다.

쓰는 것이 힘들다거나, 계속 연극을 하는 것에 회의를 느낀다는 사람들의 말에는 타인이 바라봐 주지 않는 시선에 대해, 인정받지 못하는 시절에 대해 속상함이 베여 있을 때가 있다. 그에게 말해 준다. 나를 보라고 공연 올라가기까지 십 년이 넘는 작품도 대다수고 특별히 주목받는 작가도 아니지만 그래도 쓴다고. 그러니 나를 보면서 위안 받으라고.

그럼에도 쓴다.

화두를 던지기 위해 작품을 쓴다. 질문을 던진다고 세상이 답을 주지 않을 수 있다. 질문을 던지는 과정, 답을 찾고자 하는 과정 자체가 의미이기 때문일 것이다.

질문은 있고 답이 없거나, 있어도 모르겠거나, 여러 개일 때도 인간은 불안하다. 인간은 이분법 속에서 안정감을 느낀다. 답을 찾지 못한 상태라도 찾을 거라는 확신이 있을 때 안도한다. '있다. 없다.', '흑과 백', '선과 악'처럼 명확한 구분이 가능하다는 건 명징한 답으로 안정감을 주기에 이분법으로 생각하고 판단하는 건지 모른다. 명확하게 적을 구분할 수 있을 때는 목적이 분명해 지지만 그렇지 못할 때는 갈등과 혼돈으로 불안하기 때문이다. 불안을 견디는 대가로 글을 쓰는 걸지도 모른다. 예술가는 불안을 견디는 대가로 듣는 칭호일 것이다. 그래서 인간의 마음속 파도는 경이로운 것이다.

그럼에도 쓸 거다.

마음속 파도는 단어가 모여 문장이 되고 말이 되고 극이 된다. 단어는 언제나 옷을 갈아입는다. 관계와 상황에 따라 영향을 받기 때문이다. 어떻게 인식할 것인가는 의문의 단계를 거쳐 어떤 선택을 할 것인지 결정해야 하고, 선택의 단계가 되면 용기를 내는 단계를 거쳐 선택에 따른 책임을 받아들인다. 창작은 단어의 고정값을 흔드는 것이므로 책임을 져야 하는 건지도 모른다. 그러나 고정값이 없다는 것은 파장을 예측할 수 없다는 것이고 그 기대와 흥분만으로도 창작은 즐길 만하다. 그 과정에선 안 써본 근육을 써야 한다. 안 써본 근육을 쓴다는 것은 고통이 따를 수 있지만 주저할 필요는 없다. 그런다고 무너지지는 않는다.

그럼에도 쓰길 바란다.

예술로 세상을 바꾸지 못할지도 모른다. 그러나 불편하더라도 말해야 하는 것을 말하려 하고, 보이지 않는 것을 보려 하고, 전환을 유도하고, 무모하지만 해보려 하고, 아름다움과 추함을 유영하며 조금은 도발적인 질문을 던지는 게 세상은 아니어도 사람은 바꾸지 않을까. 다른 사람은 몰라도 적어도 나는 그러지 않겠나 생각한다. 그 여정에서 같은 질문을 가진 동무도 만날 수 있고 그 힘으로 그의 질문에 동무가 되어줄 수도 있지 않을까.

휴머니즘을 담아 낯선 것을 익숙하게 익숙한 것은 낯설게 제시하는 내가 깨어있길…

살아내길 바라며, 쓸 것을 떠올리며 설레는 내가 좋다.

2022년의 마지막도
또 다른 마지막 날도 쓰길 바라며…

김수이

고래가 산다

등장인물

구두남 한강에 구두를 두고 간 43세, 남자.

노숙자 한강이 집인 39세 남자.

자전거남 건강을 위해 한강을 달리는 원칙에 충실한 50세.

인부1 한강에서 무대를 설치하는 23세 남자.

인부2 한강에서 무대를 설치하는 27세 남자.

기획자 한강시민과 함께하는 오케스트라 연주회를 기획한 30세 여자.

아이엄마 한강에 도려내고 싶은 기억이 있다. 48세.

아이 7세. 한강에서 자전거 타고 싶은…

퇴역군인 80을 바로 보는 노인. 6.25, 경제, 속도… 의미와 형태는 달라졌지만 여전히 한강은 전쟁의 역사다.

발레리나 울고 싶어지면 한강을 찾는 31세. 어쩌면 마지막일지도 모르는 '지젤'을 공연할 수 있는 기회, 하지만 몸이 움직이지 않는다.

무명가수 33세. 노래를 부르기 위해 기타를 팔아야 하는 가난한 남자에게 한강은 언제나 노래를 부를 수 있는 무대다.

수질검사원 41세 남자. 자연정화로 한강의 기적을 완성하고 싶다.

여행가 37세 여자. 한강은 인구의 공백지대인 사막이다.

기혼남 35세. 연인을 찾아 한강으로 온 남자.

탈북녀 27세. 살기위해 강을 건너 온 여자

소녀 15세. 강에서 죽은…

매점녀 강에서 벌어먹고 사는 여자.

(2006년 4월, 서울 한강 반포지구 서래섬 근처에서 '죽은 돌고래' 한 마리가 발견되면서 바다동물인 돌고래가 민물인 한강에서 살 수 있는지에 대한 논란이 벌어졌다)

무대는 한강 고수부지다. 위치적으로 무대 뒤쪽이 한강이 된다. 무대 중앙에는 클래식 음악회를 위해 인부들이 무대를 만들고 있다.

무대 앞 쪽으로는 벤치, 잔디, 운동기구, 매점 등이 배치되어있다.

물이 달고 토지가 비옥한 곳에 사람이 모여 살 듯, 한강을 끼고 사람들이 산다.

■

자전거를 타고 달리는 사람들.

달리기와 맨손체조 등 가벼운 운동을 하는 사람들.

데이트하는 남녀. 산책을 나온 가족. 낚시하는 사람. 벤치에 앉아 음악을 듣는 사람. 사진을 찍는 사람, 매점에서 커피를 사 마시는 사람 등, 다양한 일상을 보내는 사람들의 모습이 스케치 된다.

무대 설치 중인 인부1,2 망치질을 하며…

인부2 균형이 안 맞는데… 조금만 올려봐. 그래… 아니…

인부1 그럼 그쪽이 하든가…

인부2 조금만 내리면 될 걸 가지구…

인부1 글쎄 티도 안 나는구만… 거실 벽에 액자 거는 것도 아니고 오늘 몇 시간 쓰고 뜯어낼 무대를… 대충 합시다. 시간도 없고, 덥고, 목 타고… 예?

인부2, 인부1의 말에 상관없이 직접 위치를 맞추고 작업을 계속한다.

인부1　일이란 게 쉬면서 하는 거지… 혹시 일하다 죽는 게 소원이에요?

인부2, 대답 없이 일만 한다.

사진을 찍던 여행가, 다가오며…

여행가　여기서 뭐해요?

인부1　(못마땅해 보다가 망치질을 하며) 보면 모르나.

여행가　공연 있냐고요?

인부1　현수막 걸릴 거요.

인부2　음악회가 있을 겁니다. (기둥을 세우며 인부1에게) 이거 좀 잡아줘.

여행가　가수들 와요? 누가 와요?

인부2　오케스트라가 온다던데…

여행가　야외에서 들으면 소리가 흩어지는데. 악기부터도 차이나고… 악단은 어디에요? 몇 인조래요? 시간은…?

인부2　안내 전단이 어디 있을 텐데…

인부1　일 좀 합시다. 그쪽한테 대답하는 건 우리 일 아니외다.

기획자, 통화하면서 나온다.

기획자　5시까지는 스탠바이 해주셔야 하는데… 늦어도 30분 전까지는… 시간 맞춰서 차량 도착할 겁니다. 네… (전화를 끊고 여행자에게) 위험하니까 뒤로 물러나 주세요.

여행가 이거 누굴 위해서 하는 행사죠?

기획자 어디서 나오셨나요?

여행가 대답만 하면 될 것이지, 질문을 왜 해요? 길에서 왔어요.

기획자 어이없는 말인 거 알고 하는 거죠?

여행가 기막혀. 지금 저한테 감탄하는 중이에요. 여행하는 게 직업이거든요. 적절하고 근사한 대답이잖아요.

기획자 (돌아서며) 저희가 좀 바쁘거든요.

여행가 이거 시민을 위한 행사 아닌가…

기획자 맞는데요.

여행자 나, 시민이에요. 나를 위한 건데 안내 좀 해주면 어때서 그래요?

기획자 (안내 전단을 주며) 여기… 6시에 하니까 오세요.

여행자 됐어요.

여행자, 돌아선다. 적당한 장소에 외투를 벗어 깔고는 앉는다.

기획자 (짧게 한숨을 뱉고는) 언제까지 더울 거야. (인부에게) 서둘러 주세요. (휴대전화가 울리고 받는다) 네, 단장님. … 연주곡을 바꾸신다고요? 갑자기 그러시면 곤란한데… 안내전단 다 나갔거든요. … 여보세요. 배터리 다 됐네. (인부에게) 휴대폰 있어요? (인부2가 건네면) 아, 전화번호… 됐어요.

15

기획자, 나간다.

인부1   이 나라는 땀 흘리고 일하면 다 지들 아래로 본다니까.
나이가 어떻게 돼요?

인부2   스물일곱.

인부1   나보다 위네. 형 할게요. 말 편하게 합시다. 담배 할래요?

인부2   일하면서 피지 말랬잖아. 규칙은 지켜야지…

인부1   형 한다니까, 바로 가르치려고 드네. 이래서 인간은 가까
워지면 피곤해. (담배를 피우며) 우리 아버진 평생 공사판
에서 일했어. 먹고 사는 문제는 걱정 없었는데 정말 싫
어하더라. 한 번도 웃질 않더라니까. 저기 보이는 아파
트 지을 때 왼쪽 새끼손가락 하나가 날라갔대, 우리 아버
지…

인부2   (인부1의 담배를 빼앗아 끄고 일을 하며) 아버진 땀이라도 흘
렸지. 네가 질질 흘리고 있는 건 시간이야.

인부1   형. 아니, 형 취소. 이쪽 일은 내가 선밴데, 어디서 훈계
야?

인부2   남의 인생 가르칠 입장 아니야. 일하자는 거지.

인부1   휴식도 일에 일부야.

인부2   (일하며) 제대로 해. 뭘 하든지… 할 수 있을 때…

인부1   몇 시간 후면 어차피 부셔질 무대야. 시간 맞춰서 무대
깔아주고, 끝나면 해체해서 치우면 그만이야. 여기서 무
슨 일이 있었는지 아무도 모르게…

16

인부2 다른 일 찾아라.

인부1 그럴 거야. 비전도 없는 이딴 일에 인생이라도 걸 거 같아?

인부2 그런데 못하지. 생각이랑 실천하는 건 다르거든.

인부1 나한테 맞는 다른 직업을 못 찾아서야.

인부2 찾는다고 다 할 수 있는 것도 아니지.

인부1 그쪽은? 꿈 없어? 목표는? 지금이 다야?

인부2 …

인부1 대학물까지 먹었다고 들었는데…

인부2 …

인부1 설마, 남은 인생이 얼만데… 아, 그 나이에 해 놓은 거 없이 꿈이나 쫓는다는 게 쪽 팔리나. 아니면 꿈이 작아서 창피한가?

인부2 맹세한 게 있거든. 대충 살지 않겠다. 포기하지 않겠다. 뭘 하든…

인부1 너무 드라마틱한 거 아니유?

소녀가 등장해 그들 사이를 배회한다. 노래를 흥얼거리면서…

인부1 냄새가… (역한 듯 입을 가린다)

인부2 도시 공기가 그렇지. 한강이 썩어서일 수도 있고…

인부1 이상한 소리도 들리지?

인부2 소음이겠지. 도시잖아.

그들이 얘기하는 사이 무명가수가 등장해 기타를 들고 서 있다.

무명가수 뭐 하는 겁니까?

인부1 무지 물어대네. 현수막부터 겁시다. 한강에 나와 있는 사람들이 죄다 한 마디씩 물어보기 전에…

무명가수 여기 내 자립니다.

인부2 시 허락받고 하는 거거든요.

무명가수 한강 자치구 가서 물어보세요. 나도 허가받고 하는 거예요.

인부2 저녁때 오케스트라 연주가 있을 거예요. 끝나면 철수할 겁니다.

무명가수 여기서 노래 부른 지, 1년도 넘었어요.

인부1 할 일 더럽게 없네. 여기서 노래를 왜 해.

무명가수 내 무대니까.

인부1 이 양반 말 짧아지네. (금방이라도 싸울 기세로) 누구든 걸리면 패주고 싶거든, 내가…

무명가수 한 판 붙고 나서 비킬래?

인부1 비키는 건 방해하는 쪽에서 해야지.

인부2 합리적으로 생각합시다.

무명가수 난 노래 부를 거요.

인부1 여기에 당신 노래 기다리는 사람이 몇이나 되겠어?

인부2 불러요. 우리가 당신을 막을 권리는 없으니까. 대신 당신도 우릴 막을 권리는 없어요. 각자 자기 일을 하자고요.

무명가수   당신들이 여기서…

인부2   (말을 가로채며) 노래를 부를 건지, 부르지 않을 건지만 선택해요.

무명가수   …

인부2   선택에 결과는 따르겠죠. 어느 쪽이든 한쪽이 엿 먹는 거.

무명가수   한번 해 봅시다.

인부2   당신이 했던 공연 중에 관객이 가장 많을 수도 있어요.

무명가수, 무대 공사가 진행 중인 옆에다 노래를 부를 준비를 한다.

인부1   보기보다 머리 좋네.

인부2   우리는 무대만 세우면 돼.

인부1   내가 이래서 배운 놈들을 싫어해. 이게 말이냐? 저 멍청한 인간만 말이 되는 줄 알고 저기다 판 깔지. 오케스트라 연주를 하는데 옆에서 노래 부르는 게 가능해? 순찰대가 와서 저 자식 치워 줄 거라고 계산한 거지?

인부2   다음 전개는 알 수 없어. 이야기는 언제든 복잡해질 수 있으니까.

기획자, 통화하며 나온다.

기획자   드보르작의 '제9번 신세계로부터'. 어, 그거로 바꾼대. 쭉 연습해오던 곡이었나 봐. 전단 때문에 걸리긴 하는데 바뀌는 곡이 나쁘지 않으니까… 사회자한테 멘트 수정하라고 연락해. 어, 다른 곡은 그대로. 무대 배치 바뀌는 건 내가 여기서 처리할게. 그래. (전화를 끊고 인부에게) 무대 감독님 아직 안 왔어요?

인부2 다른 현장 때문에… 무슨 일이신데요?

기획자 무대 배치를 바꿔야 하는데…

인부2 저희한테 말해 주세요.

기획자 (대답 없이 전화를 건다) 좀 받지. (전화를 끊고) 잠깐만요. (배치도를 꺼내며) 앞선에 있는 제1 바이올린, 제2 바이올린 자리가 있는데요. 1 바이는 그대로 두시고 2 바이 자리에 첼로. 2선 비올라 자리에 2 바이, 첼로가 앞으로 빠졌으니까 그 자리에 비올라. 그 뒤로 콘트라베이스, 그 뒤 중앙에 목관, 그 뒤로 좌측에 타악, 그 뒤로 금관악기 들어올 거예요. 알아듣겠어요?… 다시 전화 걸어 보는 게 좋겠네요.

인부2 기본 오케스트라 배치법 두 가지 중에 다른 한 종류잖아요. 편성도 크지 않고, 특수 악기도 사용하지 않는 거로 아는데요.

기획자 무시할 뜻이 있었던 건 아니구… 아무튼, 안다니 다행이네요. (무명가수를 보고는) 저 사람 누구죠?

인부2 글쎄요.

기획자 여기서 노래라도 부르려는 건가?

인부2 글쎄요. 물어볼까요?

기획자의 전화벨이 울린다.

인부1,2는 다시 일을 시작한다.

기획자, 일하라는 손짓을 하고는 전화를 받는다.

기획자 (전화를 받으며) 네. 국장님. 준비는 걱정 마세요. 차질 없이 진행 되고 있습니다. 연주할 곡도 쉬운 곡 위주로… 네. 한강에서 하는 거라. 그렇죠. 클래식 모르는 사람들이 대다수라고 봐야죠. 국장님 좋아하시는 '엘가의 사랑의 인사'가 첫 곡입니다. 네.

기획자, 통화하면서 나간다.

인부1 호기심을 돋우네. 거짓말하는 사람 좋아하거든, 내가.

인부2, 대답 없이 망치질한다.

인부1 우리 서로에게 솔직해지는 기회 한번 가집시다.
인부2 …

무명가수가 기타를 치며 노래를 부른다.

인부1　　재밌는 게임이 되겠는데…

인부1, 기계톱을 돌린다.
망치 소리, 톱질 소리, 노래가 엉켜서 소음인가 싶더니 자연스럽게 섞인다.
양복 입은 구두남이 등장해 벤치에 앉는다.
노랫소리와 망치 소리가 마치 배경음악처럼 흐른다.

구두남　　여름이 가질 않네요. 선선한 바람이 불만도 한데… 그래도 여긴 시원하네요. 강바람이 불어선가… 밤공기 달라진 거 보면 계절이 바뀌긴 바뀌는구나 싶기도 하지만…

누구의 대답도 없다.

구두남　　거짓말 잘하세요? 저도 못 하는 편은 아닙니다. 사실 거짓말을 못하게 한다면 사람들 대다수가 입을 다물고 살아야 할 겁니다. 거짓말이 없는 세상이라니 재미도 없을 텐데, 왜 다들 진실에 목을 매고 사는지… 모르겠어요. 진짜 모르겠어요. 막상 진실을 들이밀면 다들 불편해하면서… 겁주는데 진실만 한 것도 없죠. 비밀 하나쯤 안 가진 사람이 없으니까. (전화벨이 울리고 받는다) 네. 기사요? 썼어요. 걱정 마세요. 저도 분양받은 아파트 들어가려면 DTI 규제 풀려야 됩니다… 중산층을 위해서라는 말을 빼놓고는 기사가 안 되죠. 그럼요. 썼어요. 네. (전화를 끊고 담배를 꺼낸다) 아내는 내가 담배를 끊은 줄 알아요. 작은 비밀이죠. 약간 불편할 정도에…

전 아내한테서 헤어지자는 말을 듣게 될 거라곤 상상도 못 했어요. 내가 그렇게 말했더니 아내가 뭐라는 줄 아세요? 상상력이 빈곤하답니다. 뭐가 잘못된 건지도 모르겠어요. 저랑 나랑 딴 세상에 사는 거 같다는데, 처음엔 과묵한 게 좋다고, 남자답다고 한 사람이… 제가 일을 할 때면 워낙 몰두하는 편이라 무관심했던 건 사실이지만 그렇게 해도 인정받기가 힘든데 어쩝니까? 제 성격이 평소에는 말도 없고 조용하다가도 한 번 화나면 무서워지거든요. 다른 건 다 참아도 상대가 나를 무시하거나 하면 참을 수가 없어요. 화나서 무섭지 않은 사람도 있어요? 말이 안 되죠. 자꾸만 진지하게 대화를 하자는데, 태어나서 제일 말을 많이 한 상대가 집사람이에요. 그건 아는지… 이젠 핑계거리가 없으니까 일기장을 자기한테 보여주지 않는 것도 뭐라 하고, 휴대폰에 비밀번호 걸어 둔 것도 따지고 드니, 그런 거 다른 사람한테 보여주는 사람이 몇이나 되는지 나도 알고 싶어요. 아무리 사정해도, 헤어지자기에, 주먹으로 한 대 쳤어요. 너무 답답하고 화가 나니까… 어떻게 할 수가 있어야죠. 많이도 안 때렸어요. 그냥 몇 대… 그나마 나머지 화는 유리창 깨는 걸로 대신 했습니다. (잠시) 그런데 이거 아세요. 제가 말한 이

23

모든 게 일반적인 연쇄살인범의 모습이란 거…

사람들이 혼자 말하고 있는 구두남을 힐끔힐끔 쳐다보며 지나 갈 뿐 무관심하다.

구두남 저 사람들 눈엔 내가 어떻게 보일까요? 술주정뱅이, 미친놈, 인생 실패한 놈, 아니면… 연쇄살인범… (키득거리며 웃고) 살인이라는 게 일어나서는 안 되는 범죄일지는 몰라도 일어날 수는 있는 범죄잖아요. 그것도 아주 쉽게… 제가 오는 길에 택시를 탔는데, 아니 이 양반이 이 더위에 에어컨을 안 틀어요. 처서가 지나서 바깥바람이 시원하다나, 미친놈… 저도 삐질삐질 땀을 흘리면서… 내가 지불하는 택시비에 포함된 건데도 개새끼가 말을 안 들어먹어요. 싱글싱글 웃으면서… 말은 왜 그리 많은지 쉴 새 없이 떠드는데, 뭘 먹었는지 입 열 때마다 냄새 나지, 그게 땀 냄새랑 섞이니까 어찌나 역하던지… 그 자식… 죽이진 못했어요.

인부1, 바닥에 눕는다.

구두남 퇴근하고 집으로 돌아왔는데 아무도 없는지 아무리 초인종을 눌러도 문을 열어주지 않더래요. 급한 대로 담을 넘어 들어가 거실 불을 켰는데, 아내는 현관 앞에, 아들은 2층 방문 앞에, 노모는 화장실에 머리가 깨진 채로 누워 있더랍니다. 망치로 쾅, 쾅… 핏물로 흥건한 바닥을 딛고 선 남편의 심정은 어땠을까요? 남편 얼굴을 보고 싶더군요. 슬픔, 고통, 분노를 어떻게 담고 있는지… 취재를 가서 보니까 어떤 얼굴도 가지지 않았더군요. 나라면… 나는 어떤 얼굴을 가졌을까요?

여전히 대답은 없다.
자전거남이 등장해 매점 앞에 멈춰 서서 음료수를 사 마신다.

구두남 저는 하루 대부분을 사회의 금기사항을 찾아다닙니다. 그게 제 일입니다. 그 정도 충격은 줘야, 관심이라도 두는데 어쩝니까. 신화가 만들어지지 않는 시대죠, 요즘은. 영웅을 좋아하지 않아요. 왜 저러나? 미쳤다고 보는 거죠. 현실적이지 못한 부류가 되고 말아요. 학생운동 세대세요? 그땐 영웅을 원했죠. 영웅이 되지 못하면 죄책감에 술로 이성을 지웠는데… 요즘은 죽기라도 하면 영웅이 어지간히 되고 싶었나 보다고, 이름을 알리고 싶으면 다른 일을 하지. 뭐 그런 식의 반응입니다. 그러니 신화가 만들어지겠습니까? 요즘은 돈이 신화죠. IMF가 컸어요. 국가를 위해선 죽지 않아도 돈이 없으면 유서를 쓰죠. 신문사 옮기면서 경제부로 옮겼어요. 시대 흐름을 잘 읽은 거죠. 간첩보다 아파트값 흔들리는 걸 더 무서

위하니까요. 월급의 반을 은행이 가져가죠. 제가 신고 있는 구두의 할부가 끝나지도 않았는데 계절은 바뀌어 가고…

구두남, 휴대전화가 울린다. 전화를 받는다.

구두남 나야… 한강… 먼저 왔어… 일이 그렇게 됐어… 도로 위에서 멍하니 앉지도 서지도 못한 채 있기 싫어서… 마지막 기사 쓰고 마무리 했어… 나도 미치지 않으려고 노력 중이야… 당신은 되고 나는 안 되는 이유가 뭐야?… 그래 나도 미뤘던 여행이나 떠날 거야…
다시 묻지 않을 거야. 마지막이야. 떠날 거야? 꼭 가야겠어?… 그것만은 아니야. 그래 실패 싫어. 그러니까 이대로 살자… 외로운 거 싫어. 혼자 두지 마… 잔인하다, 너. (전화를 끊는다) 헤어질 거면 그때 가지. 나한테 여자가 있었을 때…

여전히 대답은 없다.
구두남, 휴대전화를 꺼냈다가 다시 넣고는 공중전화 부스로 가 전화를 건다.

구두남 그 여자랑 SEX 했냐고 물었지?… 했어. 그래, 그때 거짓말 한 거야. 내가 거짓말 잘하는 건 너도 아는 사실이잖

아. 너도 믿지 않았잖아. 믿는 척하고 지나간 거지. 적절한, 때를 봐서 오늘처럼 나한테 복수하려고. 당신 성공했어. 지옥에 제대로 처박아 넣었다고…

구두남이 통화하는 사이, 발레리나 등장해 구두남의 뒤에 선다. 구두남, 전화기를 내려놓고, 공중전화 부스에서 나와 다시 벤치에 앉는다.
발레리나, 공중전화 부스로 들어간다.

발레리나 괜찮데요… 아무 이상 없다고 했어요. 근육이 놀라서 조금 불편한 거라고… 걱정 않으셔도 돼요… 할 수 있어요… 저를 아낀다면서 제 자리를 뺏나요? 그 역을 따내기 위해서 3년을 준비했어요. 3년을 '지젤'로 살아서 내 이름으로 사는 게 어색할 정도예요… 어떻게 살까요? 방법이라도 가르쳐 주던가… 왜 대답이 없어요?

발레리나 전화를 끊는다. 돌아서려다 다시 전화를 건다.

발레리나 기회가 필요해요… 절대 빼앗지 못할걸요. '지젤'은 나예요.

발레리나, 공중전화 부스에서 나와 매점으로 간다.

발레리나	담배 하나 주세요.
매점녀	어떤 거요?
발레리나	그냥… 많이 찾는 거로다.
매점녀	(담배를 건네며) 달라니 주기는 하겠는데 많이 찾는 게 좋은 건 아니에요. 흔한 거지.
발레리나	(값을 치르며 구두남을 보고) 저 남자 술 취했어요?
매점녀	왜요?
발레리나	아까 내가 여길 지나갔거든요. 그때도 저러고 혼자 떠들던데…
매점녀	난 자주 그러는데… 그런 적 없어요. 혼자 말하면서 걸은 적.
발레리나	사람들이 이상하게 볼 텐데…
매점녀	무슨 상관이에요. 두 번 볼 사이도 아닌데… 해봐요. 재밌어요.
발레리나	여기서 뭐 하나 보네.
매점녀	음악회 있데요.
발레리나	노래 부르는 사람이 안 보여서요.
매점녀	아까 왔는데… 저기 있네요.

발레리나, 혼자 떠들고 있는 구두남을 피해 조금 떨어진 벤치에 앉는다.

구두남, 구두를 벗는다. 양말도 벗으니 맨발이다.

구두남 발가락 사이로 공기가 들어오네. (일어서 잔디를 걷는다) 좋은데요. 가벼워요. 내 발도 이렇게 가벼울 수 있네요… 그러네요… (우뚝 멈춰 선다) 이상할 것도, 비난할 것도 없어요. 제 아내 말입니다. 요즘처럼 남을 돌보지 않는 시대에 어쩌면 존경받을 선택이죠. (사이) 가볍네요. 어디든 갈 수 있을 거 같아요. 어디든…
(구두를 벗는다) 구두, 아저씨 드릴게요. 저와 얘기 나눠 주신 게 고마워서요. 사양하실 거 없어요. 어차피 저한텐 필요 없는 거니까… 이거 이래도 양가죽이에요. 백화점에서 샀어요. 절대 세일할 때 산 거 아니에요. 신상품 출시될 때 누구보다 먼저 가서… 여자들은 여자들만 구두 좋아하는 줄 아는데, 남자들도 구두 좋아해요. 잘나가는 놈들은 구두부터가 다르거든요. 구두 위에 뽀얗게 먼지가 앉았다 하면 직업이 영업 쪽이거나 납품 쪽일 겁니다. 구두 밑창 닳은 것만 봐도 체형, 성격, 직업, 다 나와요. 저같이 발에 맞지 않는 구두라도 비싸면 무조건 신는 놈은… 그런 놈은…

구두남, 공중전화 부스로 들어가 전화를 건다.

구두남 어, 나야. 그냥… 당신 수고했어. 수고했다는 말은 해주고 싶었어. 그래도 살아온 날이 있는데… 이 정도 말은 해줘야지… 실업수당 신청하러 갈 거야… 걱정 마. 원래 약속은 두 시간 후잖아.

구두남, 공중전화 부스에서 나와, 구두를 벤치에 올려놓고는…

구두남 세상은 두고 가려고요. 구두가 아저씨 발에 맞았으면 좋겠네요.

구두남, 구두만 남기고 나간다.
자전거남, 벤치 위에 올려진 구두를 힐끔거리다가 다가와 집어 든다.
'뿡~' 방귀를 뀌는 노숙자. 구두남이 앉았던 벤치 뒤에서 일어나며…

노숙자 내려놓으시게. 그거 임자 있는 물건이오.
자전거남 주인이 버리고 간 거, 임자가 있다면 주운 사람이 임자지.
노숙자 딴말은 뭔 말인지 몰라도 마지막 말은 똑똑히 알아들어야지. '저랑 얘기해줘서 고마워요. 수고하셨다는 의미로 구두 두고 갑니다. 아저씨 발에 잘 맞았으면 좋겠어요.'

자전거남, 구두를 신어 본다. 꼭 맞다. 다른 쪽을 신으려고 하는데…

노숙자 뭐 하는 짓이야? 벗어.

자전거남 발에 꼭 맞네.

노숙자 (구두를 잡으며) 벗으란 말 안 들려?

자전거남 마지막 말은 나도 들었어. '아저씨 발에 맞았으면 좋겠네요.' 맞는 사람이 신자고.

노숙자 그 새끼가 쉬지 않고 떠드는 통에 잠도 못 잤어. 이건 그대가란 말이다.

자전거남 그렇게 억울하면 계속 잠이나 자.

노숙자 저랑 얘기해줘서 고맙다잖아. 그게 누구겠어? 나. 바로 옆에 있던 나지.

자전거남 나도 옆에 있었어. 구두 두고 간 남자가 뭐라고 하는지 다 들었어.

노숙자 뭐라던데?

자전거남 …

노숙자 말 못 하겠지?

자전거남 당신은 알아? 한마디 대꾸도 안 해 주고는…

노숙자 말을 하고 싶어 온 사람이야. 그러니 들어 줘야지. 대화의 기본도 몰라.

밀고 당기는 실랑이 끝에 구두를 한 짝씩 갖게 되는 노숙자와 자전거남.

자전거남 이리 내. 빨리 못 줘.

노숙자, 구두를 신어 본다. 조금 크다.

자전거남 더러운 발을 어디다 집어넣어? 얼른 벗어.

노숙자 발에 맞는 사람이 신자면서…

자전거남 그게 맞는 거냐? 큰 거지.

노숙자 여유롭게 신어야 발에 땀도 안 차고, 발이 피곤하지도 않은 거야.

자전거남 딱 봐도 나보다 몇 년 아래로 보이는데, 입만 열면 반말이네. 이 새끼가.

자전거남, 노숙자의 멱살을 잡는다.

노숙자 말로 가립시다. 경찰 와봐야, 당신 망신이고, 사람 귀찮아지니까.

자전거남 그러니까 벗어.

노숙자 그건 말이 아니지. 사람들한테 물어봅시다. 누가 구두의 주인인지.

자전거남, 노숙자에게 주먹을 날린다.

자전거남 거지새끼가 말 섞어주니까 지가 사람인 줄 알아.

자전거남, 노숙자를 마구 짓밟으며 구두를 뺏으려고 한다.

노숙자, 구두를 뺏기지 않으려고 웅크린다.

사람들 쳐다만 볼 뿐 아무도 말리려 하지 않는다.

여행자, 어딘가로 전화를 건다.

자전거남, 노숙자에게서 구두를 빼앗아 신는다.

자전거남 힘이란 건 말로 보이는 게 아니야. 써야 보이는 거지.

자전거남, 자전거를 타고 나간다.

노숙자에게 다가오는 여행자…

여행자 아저씨… 괜찮아요?

노숙자 …

여행자 일어날 수 있어요?

노숙자 소주나 한 병 사주슈.

여행자 순찰대 금방 올 거예요. 신고했어요.

노숙자 전화해서 아무 일 없다고 하슈.

여행자 병원 가보세요. 피가…

노숙자 소주 사 달라고… 내 꼴이 불쌍해 보이거든 적선 좀 하
란 말이유.

여행자 소주요? 어떤 거로…

매점녀 소주 한 병을 들고 다가온다.

매점녀 (소주를 주며) 그 아저씨 이것만 마셔요.

여행자 얼마죠?

매점녀 1,500원요.

여행자 (돈을 주며) 세상이 점점 싫어지네요.

매점녀 자주 있어요. 이런 일…

여행자 어떻게 모두 못 본 척하는지…

여행자, 노숙자에게 소주를 건넨다.

매점녀 그 덕에 일이 더 커지지 않은 거라고요. 싸움에 껴들었다
가 칼 맞고 병원에 실려 가는 신세 여럿 봤거든요.

여행자 사람이 죽어도 모른 척하겠군요.

매점녀 안 죽었잖아요.

노숙자, 소주를 한 모금 마시고는 상처에 붓는다.

여행자 (소주를 건네며) 집이 어디세요?

매점녀 아저씨 것도 아닌데 주고 말지…

노숙자 세상 물건, 어떤 것도 주인이 영원하진 않아. 낡아서 버
리든, 잃어버리든, 주인은 바뀌게 되어있어.

노숙자, 자전거남이 벗어 두고 간 운동화를 주머니에 쑤셔 넣
고는 일어선다.

여행자　그냥 가시면 어떡해요?

노숙자　인사 듣고 싶수? 소줏값 하라고? (허리까지 숙이며 보란 듯이) 고맙수.

여행자　신고했어요. 금방 올 건데…

노숙자　올 거면 벌써 왔지.

매점녀　목은 매지 마요. 아무리 억울해도…

노숙자　피 닦으러 가는 거야. 음악회가 있다잖아.

노숙자, 절뚝이며 화장실 쪽으로 간다.

여행자　다시 전화해봐야겠네.

매점녀　그 사람들 얼굴 보고 싶거든 그쪽이 맞았다고 해요. 퍽치기를 당했다던가… 그 아저씨 맞은 거로는 안 와요. '어디 한 군데 제대로 부러져서 제발 좀 떠나라' 그렇게 떠들고 있을걸요.

여행자　양심과 도덕이 죽은 사회래도 법은 사회를 위해 움직여야죠.

매점녀　책 꽤나 읽었나 봐요. (여행자 손에 들려 있는 책을 보며) '정의란 무엇인가?' 그 책이 1,500원짜리 친절이 정의라고 가르치던가요?

여행자　그런 내용은 어디에도 없어요.

매점녀　저 아저씬 살아서 돌아다니는 게 그저 귀찮은, 그냥 누군가 치워줬으면 좋겠는 쓰레기예요. 집에서나 여기 한강에서나…

수질검사원, 매점으로 온다. 사람을 찾아 두리번거린다.

매점녀 뭐 드려요?
수질검사원 생수 하나 주세요.

매점녀, 매점으로 돌아간다.

매점녀 (생수를 꺼내주며) 1,500원요.
수질검사원 얼린 거로 주세요.
매점녀 500원 더 비싸요.

수질검사원, 돈을 치르고 생수병을 얼굴에 댄다.

수질검사원 아, 시원해. 아직도 얼음물을 찾아야 하니.
매점녀 그래도 오늘은 간간이 바람도 부는 게 견딜 만한데…
수질검사원 제가 열이 좀 많은 체질이라. 한강은 다 좋은데 땡볕을
　　　　　　피할 데가 마땅칠 않아요.
매점녀 그래도 태풍이 지난 뒤로 바람이 달라졌어요.
수질검사원 10월까지도 더울 거라던데… 점점 계절이 덥거나 춥거
　　　　　　나 두 계절만 남을 모양입니다. 수고하세요.

수질검사원, 강물 쪽으로 간다.

여행자 (매점녀에게 다가와) 바뀌면 되잖아요.

매점녀 그럴 거라고 하드만 글쎄요. 한 달에 한 번씩 여기 와서
수질 검사하는 검사원인데 한강 물이 깨끗하게 바뀔 거
래요. 이 물에서 잡은 물고기를 먹을 수 있다나… 그러면
서 저는 저기 있는 아리수도 안 마시고 꼭 생수 사 마셔
요. 물고기 사는 거 신경 쓰는 놈은 있어도 인간이 살만
한 곳인지 검사하는 놈은 없으니…

여행자 자신의 존엄성은 스스로가 만드는 거예요.

매점녀 물고기도 존엄성이 있어요? 인간보다 낫네.

여행자 (답답하다) 아까 그… 노숙자 아저씨 말이에요. 자신이
원하는 걸 알게 되거나 찾게 된다면 다르게 살 거란 말
이죠.

매점녀 아, 그 아저씨… 근데 그 아저씬 왜 바꿔요?

여행자 전 여행 다니면서 많은 사람과 얘기했어요. 사람마다 사
연 하나쯤, 십자가 하나쯤 다 지고 살아요. 대화를 하다
보면 다시 제대로 살고 싶어질 거란 거죠. 그러면 집으로
돌아갈 수도 있는 거죠.

매점녀 그 아저씨를 가르치겠다고요?

여행자 내가 아는 모든 경험을 동원해 볼 거예요.

매점녀 그 아저씨도 책이라면 꽤나 꿰고 있어요. 예전엔 대학에
서 학생들도 가르쳤다고 하던데…

여행자 그렇다면 더 잘됐네요. 대화가 쉽게 되겠어요.

매점녀 내가 아는 한 1,500원짜리 친절은 아무것도 바꾸지 못해요.

여행자 다시 오겠죠?

매점녀 아직 베풀 친절이 남았거든 설교보다는 컵라면이 낫지 않을까요? 아침부터 소주 먹은 게 다일 텐데…

매점녀는 판매할 물건을 정리하고
여행자는 노숙자가 앉았던 벤치에 앉아 책을 편다.
무명가수의 노랫소리가 점점 커지면서 무대를 채운다.
강가에 낚싯대를 세우는 사람도 있고, 간단한 점심을 들고 나와 돗자리를 깔고 앉는 사람들도 있고, 한강 둔치에 나온 사람들의 모습이 드문드문 스케치 된다. 그중에서도 무명가수의 노래를 들으려는 사람은 많지 않다.
노래를 들으려는 사람들도 인부들의 망치 소리가 노래에 섞이면 얼굴을 찌푸리며 자리를 옮긴다.
무명가수, 노래를 부르다가 뚝 멈추더니 기타를 내려놓는다.
사람들 사이에서 노래를 듣고 있던 발레리나가 다가간다.

발레리나 오늘은 그만 부르나요?

무명가수 저들이 이겼어요. 망치 소리에 진 거죠.

발레리나 당신도 무대를 빼앗겼군요.

발레리나, 기타 덮개에 만원을 놓고 돌아서려는데…

무명가수 오늘은 만원이네요.

발레리나 날 아세요?

무명가수 당신이 날 아는 만큼요.

발레리나 난 그쪽 몰라요.

무명가수 그러니 다행이죠.

발레리나 … 가끔 그쪽 노래 들으러 왔었어요.

무명가수 1년쯤 전이었을 걸요. 제 기타케이스에 천원을 넣어
준 게… 어쩔 땐 캔 커피가 대신하기도 했었죠. Falling
Slowly. 당신이 신청한 노래요. 처음엔 쪽지를 넣길래
데이트 신청인 줄 알았어요.

발레리나 영화를 봤는데 너무 좋아서…

무명가수 이틀 꼬박 연습했어요. 그런데 안 나타났죠, 한동안…

발레리나 중요한 오디션이 있어서…

무명가수 공연티켓 준 건 기억나요?

발레리나 Falling Slowly 불러줬잖아요. 감사의 뜻으로…

무명가수 공연티켓이 그렇게 비싼 건지 몰랐어요. 그때 생각했죠.
내가 발레를 좋아하지 않길 정말 잘했구나.

발레리나 다른 걸 드릴걸…

무명가수 다행이었죠. 그렇게라도 발레를 보게 돼서… 너무 좋았
거든요.

발레리나 왔었어요?

무명가수 네. 당신도 봤어요.

발레리나 팸플릿에서 봤겠죠. 독무가 없었는데 날 어떻게 찾아요.

무명가수 아침, 저녁으로 하루에도 수십 번씩 확인할 텐데… 거울이 말 안 해 줘요. 당신 아름다운 거. 혼자만 보였어요.

발레리나 나한테 작업 거는 거예요?

무명가수 넘이 와주면 미다할 이유 없죠.

발레리나 그런 일은 없을 거 같네요.

무명가수 아, 배고파. 점심 먹었어요?

발레리나 네. 때 지난 지 한참이에요.

무명가수 뭐 먹었는데요?

발레리나 사실은 안 먹었어요.

무명가수 한강에서 자장면 시켜 먹어 봤어요?

발레리나 아니요.

무명가수 내가 살게요. 내 노래 값을 가장 비싸게 쳐 준 보답이에요. 공연티켓… (휴대전화를 건다) 망원지구 음악회 무대 앞이요. 자장면 두 그릇이요. 네.

발레리나 그쪽 노래는 좋아해요.

무명가수 내가 곡을 하나 썼는데… 들어 볼래요? 나한테도 영화 같은 일이 벌어질지 모르잖아요. 'ONCE'처럼…

무명가수, 노래를 부르는 사이 무대에 현수막이 세워진다.

〈시민과 함께 하는 클래식 음악회〉

아이엄마, 아이의 손을 잡고 등장해 매점에서 솜사탕을 사서 주의를 둘러 본 뒤 벤치에 앉는다.

아이엄마 네 아빠가 안 보인다.

아이엄마는 휴대전화를 걸고 아이는 솜사탕을 먹는다.

아이엄마 당신 어디야?⋯ 안 보이는데⋯ 음악회 한다고 무대 세운 곳 있잖아. 거기 있어⋯ 그래. 당신 어디냐고?⋯ 어디? 거긴 왜 갔어?⋯ 여기서 만나자고 한 사람, 당신이야⋯ 기다리는 거 질색하는 거 알면서⋯ 알았어⋯ 기다릴게. 그래, 기다린다고⋯ 빨리 와. 꼭 와.

아이엄마, 전화를 끊는다.

아이엄마 아빠 금방 온데. 조금만 기다리자.

기획자, 도시락을 들고 와 인부1과 인부2에게⋯

기획자 점심이 좀 늦었네요.
인부1 몸으로 벌어먹는 사람들은 밥심으로 사는 건데⋯
기획자 미안해요.
인부1 (인부2에게) 먹고 합시다. 저 친구 노래하는 거 포기한 모양이네. 일하는데 심심치 않고 괜찮았는데…

인부2 우린, 저 친구의 노래를 들은 게 아니라 들린 거뿐이야. 저 친구 노래하잖아. 아까는 다른 얼굴로… 자기 음악을 들어주는 사람을 찾은 거지. 그게 저 친구한테 더 중요할걸.

인부1,2 무대에 걸터앉아 도시락을 먹는다.
기혼남, 기획자에게 다가선다.

기혼남 얘기하려고 왔어.

기획자 (사람들 눈을 의식하며) 난 적어도 당신 직장으로 찾아간 적은 없어. 돌아가세요.

기혼남 말이 길어질 거 같은데 자리 좀 옮기자.

기획자 만나기 싫다는 말, 돌아가라는 말 직접적으로 해야 알아들어요?

기혼남 전화를 받았으면 됐잖아.

기획자 지칠 만큼 많이 들었어. 당신 변명…

기혼남 설명하는 거잖아.

기획자, 돌아서 간다.

기혼남 거기 서. 사람이 말을 하잖아. 이리 와. 오라고. 내가 뭘 그렇게 잘못했냐? 예상한 결과였잖아.

기획자, 홱 돌아서서 기혼남 앞에 선다.

기획자   이젠 뭘 할까? 여기 서서 당신이 지껄이는 거 듣고 난 다음. 그 다음엔 뭘 할까?

인부2, 일어서며…

인부2   여기서 밥 먹기엔 먼지가 너무 많다.

인부2, 인부1을 툭툭 치며 눈짓을 준다.

인부1   왔다갔다 귀찮게…

인부2가 앞서가고 인부1이 따라간다.

기획자   당신 같은 사람은 내 삶으로 들어오지 말아야 했어.

기혼남   내가 뭘 해야 하는지 말해봐.

기획자   바람이 처음이었어? 설마…

기혼남   넌 좀 달라.

기획자   다른 여자들한테도 같은 말을 했겠지.

기혼남   이렇게 끝내지는 말자.

기획자   와이프한테 가서 빌어. 그리고 언제나 해 왔던 것처럼 꽃다발도 바치고…

기혼남　내가 어떻게 널 잊을까?

기획자　(사이) 당신을 만질 때마다 죄짓는 기분이야. 난 종교도 없어서 회개할 때도 없어. 어느 쪽이 됐든 끝내야 해.

기혼남, 벤치에 털썩 주저앉는다.

기혼남　아내에게서 아무것도 느끼지 못해.

기획자　우리도 그럴 거야. 부부가 되고… 부모가 되고… 그리고 운이 좋으면 친구는 되겠지만, 연인으로 돌아가지는 못할 거야. 지금 친구로 돌아갈 수 있는 기회가 있을 때… 이 기회를 놓치지 않게 해줘.

기획자, 기혼남을 남겨두고 가버린다.

기혼남, 소리 내서 엉엉 운다. 마치 아이처럼…

아이엄마　(손수건을 내밀며) 빌려주고 싶지 않지만… 남자가 우는 모습이 오랜만이라 반가워서요. 남편도 결혼 전에는 내 앞에서 자주 울었는데…

기혼남　(티슈로 닦으며) 언제부터 계셨죠?

아이엄마　쭉…

기혼남　다 들었어요?

아이엄마　아깐 옆에 아내가 있어도 상관없는 기세더니… 눈물이 효과가 있었네요. 주위도 눈에 들어오고…

44

기혼남   신이 날 버렸어요. 그런 기분 모르겠지만…

아이엄마   세상살이를 너무 쉽게 생각하네요. 지금 맞는 건 보슬비 정도에 불과해요.

아이, 꾸벅꾸벅 존다.

아이엄마, 아이를 벤치에 눕혀 자신의 무릎을 베게 한다.

기혼남   아이가 몇 살이에요?

아이엄마   7살이요.

기혼남   우리 애랑 나이가 같네요.

아이엄마   딸이에요?

기혼남   아들이에요.

아이엄마   내가 선택한 사람인데, 그땐 그 사람만이 날 의미 있게 만들어 줄 수 있을 거 같았는데, 살다 보면 그 사람이 날 의미 없게 만든다는 걸 깨닫죠. 결혼이 때때로… 그래서 슬퍼요.

기혼남   아내는 내가 다른 여자랑 잠자리했는지에만 관심이 있어요.

아이엄마   나도 그랬어요. 모든 여자가 그럴걸요.

기혼남   왜 그랬는지 물어봐 줄 수는 있잖아요.

아이엄마   실수라고 하게요? 아니면 그냥 바람이라고… 그것도 아니면…

기혼남   …

아이엄마 무슨 대답을 듣자고 물어요.

기혼남 대화할 상대가 필요했어요. 내 마음을 들어 줄…

아이엄마 맙소사. 절대 해서는 안 되는 말인데… 당신하고는 말도 안 통해. 그럼 뭘 하죠? 잠자리도 안 하고… 쇼핑?

기혼남 좋아하지 않아요.

아이엄마 남자한테 들을 수 있는 지극히 정상적인 답변이지만, 그것도 안 하면 대체 뭘 같이하죠? 시댁 행사에 같이 가는 거?

기혼남 전혀 안 한 건 아니에요. 외식도 하고 애 데리고 놀러도 다니고…

아이엄마 전혀 흥미롭지 않은 얼굴을 하고선…

기혼남. 멈칫하더니 이내 긍정의 웃음이 터져 나온다.

아이엄마 정말이지 한 대 쥐어박고 싶다고요.

기혼남 여자들 속을… 제 나이가 서른다섯이거든요. 서른다섯 먹은 남자가 알기엔 여자란 너무 어려운 상대에요. 아내랑 연애하고 결혼하고 벌써 십 년인데 모르겠어요.

아이엄마 (웃으며) 나도 남편한테 같은 말 했었는데… 23년을 같이 살았는데도 당신이라는 사람, 정말 모르겠다고… 48년은 여자로 살았는데 나도 모르겠어요, 나를… 어쩌면 영원히 모른 채… 그렇게… 죽겠죠. 그럴 거 같아요.

기혼남 (웃으며) 그러네요.

서로 마주 보는 아이엄마와 기혼남의 웃음이 쓸쓸하다.

기혼남 와이프는 내가 없으면 죽어버리겠다는데…

아이엄마 그러니 어쩔 수 없다.

기혼남 …

아이엄마 당신이 자신을 방어하기 위해 쏟아내는 말 모두, 상처가 됐을 거예요.

기혼남 그녀는 나에 대한 미련이 없어요. 어떻게 그럴 수 있습니까.

아이엄마 절벽 앞에선 앞을 보고 걷는 게 아니에요. 뒷걸음치는 거지… 그녀는 그걸 아는 거고요.

기혼남 …

인부1,2 등장해 일을 시작한다.

그들 뒤로 소녀가 따라 들어와 무대에 걸터앉는다.

데이트하는 남녀가 돗자리를 풀밭에 깔고 음료수를 마신다.

사진을 찍는 사람도, 낚싯대를 놓는 사람도 한강의 휴식을 즐긴다. 노숙자, 물을 발랐는지 기름을 발랐는지 머리도 넘기고 제법 깔끔해져서 돌아와 매점녀에게…

노숙자 내가 맡겨둔 가방 좀 줘.

매점녀 말일도 아닌데 옷 갈아입게요?

노숙자 음악회가 있다잖아.

매점녀   잠시만요.

매점녀, 안으로 들어간다.

여행자   기다렸는데요.

노숙자   나를? 무슨 일로…? 아까 사준 소주 값 땜에…?

여행자   대학에서 강의하셨다면서요?

노숙자   그런 적이 있었나…

여행자   아까 매점에서 일하는 분이…

노숙자   술 한 잔 사주면 기억이 날 것 같기도 하고…

매점녀, 낡은 가방을 들고 나온다.

매점녀   여기요.

노숙자   (가방을 받아들며) 쌩큐.

여행자   대학에서 어떤 걸 강의하셨죠?

노숙자   글쎄 기억이… 뇌라는 게 영양을 공급하면 기억력이 좋

아지기도 하는데… 허기진 배로는 도저히…

여행자   난 당신을 도우려는 거예요.

노숙자   컵라면이라도 먹으면 기억해 낼지도…

여행자   (매점녀에게) 컵라면 하나 주세요.

노숙자   소주도 하나. 계산은 여기 거리의 천사께서…

매점녀, 컵라면과 소주를 들고 나온다.

여행자, 돈을 치른다.

노숙자 잘 먹겠수다. (소주와 컵라면을 먹으며) 한 잔 주리까?

여행자 술은 머리가 아파서…

노숙자 친해지면 좋을 텐데… 온전한 세상에서 잘살고 있다는
생각도 들고… (소주를 마시고) 캬~ 소주 만드는 사람들은
돈 좀 벌어도 돼.

여행자 저는 당신 같은 사람을 잘 알아요. 여러 곳을 여행하면서
많은 사람들을 봤죠. 그리고 길을 잃은 사람들을 집으로
돌아가게 했어요.

노숙자 엉덩이가 근사하군. 그냥 놔두기에 아까워. 나랑 할 일이
많을 거 같은데…

여행자 난 당신한테 친절을 베풀었어요.

노숙자 두렵지? 내가 당신 엉덩이를 만질까 봐.

여행자 쉽진 않을걸요.

노숙자 경직된 얼굴이 말해 주는 걸…

여행자 겁 준 거라면 성공했어요.

노숙자 (다시 먹으며) 당신 안전해. 우리 관계도 안전하고. 아무
일도 일어나지 않을 거란 말이야. 내가 성욕을 잃은 지가
오래 돼서…

여행자 살아있다는 걸 잊어선 안 돼요. 경험으로 터득한 거죠.

노숙자 금방 잃어버릴 걸 갈망하고 싶지 않아.

여행자 몽골을 갔다 왔어요. 거기서는…

노숙자 (말을 자르며) 나한테 영향을 주고 싶은가?

여행자 자기 자신 밖으로 눈을 돌리기 시작하면 다른 사람의 마음에 난 상처와 어려움을 읽을 수 있게 되죠. 도움이 필요한 사람이 보이기 시작하면 자신의 사연은 가볍게 여겨지고 가슴속에 한 줄기 빛도 비추고…

노숙자 (다시 먹으며) 책 좀 읽었나 보네.

여행자 (여행 가방을 가리키며) 갈아입을 옷 빼고는 전부 책이에요. 여행이 주는 즐거움이죠.

노숙자 실연을 당한 '키치'가 요양 하러 가서 독일에서 '바렌카'를 만난 뒤에 든 생각이지, 아마… 아까 당신이 한 말…

여행자 그래요?

노숙자 뭐 그렇게 당황해서… 책이란 게 써먹자고 읽는 건데…

여행자 문학을 전공했나 봐요?

노숙자 그쪽은 문학인가?

여행자 아니요.

노숙자 나도 아니올시다.

여행자 피아노 쳤어요. 일곱 살 때부터… 상도 꽤 탔어요. 독일로 유학도 갔는데…

노숙자 그게 실수였겠군. 그때까진 내가 그렇게 형편없는 줄 몰랐을 테니… 그 길로 가방을 쌌을 테고 여행자가 됐겠네.

여행자 뭐 하는 거예요? 지금. 난 그쪽과 대화를 위해 마음을 열고, 호의적으로 대하는 나한테 빈정거리기나 하다니…

노숙자   들려주리다. 쓸데없는 지식과 교양만 중시해 온 복잡하고 낡은 삶을 버리고, 자연을 벗 삼아 사람들과 어울려 단순한 거리의 삶을 택했소. 만족합니까?

여행자   알았어요. 계속 이렇게 사세요.

노숙자   내 인생을 조롱하는 건 그쪽이지.

여행자   괜한 짓 했네요.

노숙자   내가 말한 건 '레빈'의 생각이요.

여행자   '레빈'… '키치'… '안나 카레니나' 맞죠? 그 작품… 당신 생각을 듣고 싶었는데…

노숙자   나도 '레빈'과 같은 생각이라 인용한 건데… 사람과 어울려 사는 건 여전히 안 되고 있지만…

여행자   지금 생각났어요.

노숙자   책 제목이 그렇게 중요했던 건 아닌데…

여행자   내가 가방을 싼 이유요.

여행자는 가방을 뒤져 [톨스토이의 안나 카레니나]를 꺼낸다.
걷기 운동을 하는 아줌마 지나간다. 뒷걸음으로 양팔을 크게 휘저으며…

노숙자   찾아다닌 게 사랑인가? 그거 사랑 이야기잖아.

여행자   아니요. 아니 모르겠어요.

노숙자   모르는 게 다행이야. 그나마 살아있기라도 하잖아.

여행자 무슨 말인지…

노숙자 어떤 행동엔 어떤 이유를 동반하지. 알고 싶은 욕구나 호기심에 대한 미련 같은 거, 살아있기에 괜찮은 조건이지 않나?

여행자 이 책에 등장하는 인물들은 살아있음을 끊임없이 확인하려고 하죠. 나는 지금 어디로 가고 있나? 어디에 있는지? 무슨 짓을 하는지? 무엇 때문에 하는지? 철학적 질문을 손에 쥐고 놓질 않아요.

노숙자 점점 멸종되어 가는 있는 인간종이지.

여행자 진저리가 났었어요. 내 삶은 유리병 속에 갇혀 있었어요. 엄마 손에 끌려 피아노를 시작한 이후, 내겐 피아노뿐이었죠. 찾고 싶었어요. 내가 살아있다고 느낄 수 있는 그 무엇을… 사람들도 보고 세상도 보면 찾을 거 같았어요. 그렇게… 지금은 삶도 음악도 잃었지만…

노숙자 그 정도 비밀로 내 이야기를 듣겠다고…? 좀 더 지독한 걸 찾아봐.

수질검사원, 매점 쪽으로 온다. 연신 땀을 닦으며…

수질검사원 캔 커피 하나 주세요.

매점녀 어떤 거로…?

수질검사원 아무거나 주세요.

매점녀, 캔 커피를 건네며…

매점녀 일 끝나셨어요? 오늘은 빠르네요.
수질검사원 아니요. 잠깐 쉬고 싶어서… 얼마죠?
매점녀 800원요.

수질 검사원은 계산한다.

수질검사원 (마시며) 정말 맛없네.
매점녀 다른 거, 마시지…
수질검사원 일정 간격으로 카페인을 섭취해 줘야 해서요. 습관이 무섭죠.
매점녀 맛은 자판기 커피가 더 나을 텐데, 뜨겁긴 해도…
수질검사원 자판기 커피를 마시느니 대장균을 마시는 게 낫죠.

수질검사원, 벤치에 앉아 캔 커피를 마시며…

수질검사원 서울은 축복받은 도십니다. 한강을 가지고 있으니… 얼마나 근사합니까?
여행가 저한테 얘기하시는 건가요?
수질검사원 그렇게 생각하지 않으세요? 한강에서 휴식을 즐기는 사람들을 보면서 우리도 점점 선진국이 되어 간다는 생각이 듭니다. 근사한 일이죠.

노숙자　주차장이지. 나한텐 그렇단 말이요.

수질검사원　다른 나라 어딜 가 봐도, 이렇게 잘 관리된 곳 보기 드물어요.

노숙자　여기다 쓰는 돈이 얼만데…

수질검사원　그쪽은 이곳과 어울리지 않는데요.

노숙자　어떤 면에서?

수질검사원　당신 같은 사람, 서울역이나 지하철에서 가끔 봤죠. 왜 순찰대가 당신을 여기다 두는지…

노숙자　내가 어디 봐서 노숙자로 보이나?

수질검사원　냄새요.

노숙자　씻었는데… 아차, 아직 옷을 갈아입질 못했군.

여행가　사막이요. 인구의 공백 지대… 한강엔 사람이 살지 않잖아요.

노숙자　그럼 난 뭔가? 그리고 (매점녀를 가리키며) 저 친군? 이런 내 입으로 노숙자라고 시인한 꼴이군.

수질검사원　일하러 가는 게 낫겠네요.

수질 검사원, 가려다 다시 와서는…

수질검사원　한강의 기적 몰라요? 당신도 그 덕을 보고 살잖아요.

노숙자　노동자가 한 거야. 사람이 한 거란 말이야. 강은 그저 흐르고 있을 뿐이고…

수질검사원　여기서 무슨 일이 일어나는지 몰라서 그러나 본데, 뉴스 안 봤어요? 누치, 밀자개, 메기, 또 뭐였더라… 아무튼, 40종이 넘는 생명이 살아요. 한강은 살아있다고요.

노숙자 당신이 한강을 좋아하는 건, 그걸로 밥 먹고 살아서야.

수질검사원 난, 내 일에 자부심이 있어요.

노숙자 한강이 깨끗한지 아닌지 검사해줘서 고맙소. 정말 대단한 일을 하시는군. 당신도 고맙다고 해야지. 듣고 싶은 말을 해줬으니.

매점녀, 그들을 말리며…

매점녀 (수질 검사원에게) 일이 남으셨다면서요?

수질검사원 낯선 사람하고 말을 섞은 게 실수지.

수질검사원, 돌아서 간다.

매점녀 문제 일으켜서 좋은 거 없잖아요. 순찰대가 오기라도 하면…

노숙자 올 거면 아까 왔겠지.

매점녀 그땐 아저씨가 맞았을 때고요.

노숙자, 알 수 없는 웃음을 짓는다.

여행가 화가 과했어요, 저 사람…

노숙자 자신과 다른 생각이 있는 사람에게 관대하기란 쉬운 게 아니지. 그리고 다 틀린 말도 아니야. 낯선 사람하고 말을 섞는 게 아니라잖아. (가방을 들고 일어서며) 난 옷을 갈아입으러 갈 건데…

여행가 …

노숙자 기다리는 건 그쪽 자유고.

여행가 흥미가 생겼어요, 아저씨한테…

노숙자 기다림은 길수록 짜릿한 법이지. 기다리면서 생각해두라고 지독한 비밀로… 없다는 거짓말은 집어치우고…

노숙자, 가방을 들고 간다.

여행가, 잠시 그대로 앉아서 멀리 보이는 사람들을 본다.

자장면이 배달되고 발레리나와 무명가수, 자장면을 먹는다.

무대를 설치하고 있는 인부들, 아이엄마와 기혼남, 연신 땀을 닦으며 한강을 담고 있는 수질 검사원, 그리고 한강의 여러 사람이 나름의 모습으로 한강에 살고 있다.

여행가, 휴대전화를 꺼냈다 다시 넣고는 공중전화로 간다.

여행가 나에요… 약 먹었어요?… 저녁 비행기요… 엄마, 제발… 기다리지 마세요. 돌아가지 않을 거니까…

여행가, 전화를 끊고 벤치로 돌아와 앉는다. 담배를 꺼내 핀다.

발레리나, 담배를 꺼낸다.

무명가수 담배 피는 줄 몰랐어요?

발레리나 나에 대해서 모르는 게 더 많을걸요.

무명가수 그렇겠죠. 아는 건 보이는 것만이죠.

발레리나 처음 사 봤어요.

무명가수 혼자 있을 때 꽤 좋은 친구가 되어주죠.

발레리나 (담배를 핀다) 당신이 유일한 사람이에요.

무명가수 …

발레리나 내가 담배 피는 걸 본…

무명가수 담배가 사랑하고 닮은 거 아세요? 첫맛이 가장 좋죠. 혀
끝이 짜릿하고 쌉쌀한 맛이… 깊이 빨수록 머리가 멍해
지고 숨도 탁해져요. 피울수록 쓴맛이 강해지는 것도…
다 타면 버리는 것도. 필터는 방어기제죠. 덜 다치기 위
한… 마지막 남은 담배 까치는 누구도 안주죠. 빼앗지 않
는 것도 매너고요.

발레리나 마지막 사랑에 대한 예의라서…?

무명가수 괜찮은 이론이죠?

발레리나 노래로 만들어 보지 그래요.

무명가수 나쁘지 않은 생각인데요. 다음에 만나면 들려줄게요.

발레리나 못 만날 거예요. 오지 않을 거니까…

무명가수 궁금했어요. 난 노래를 부르러 한강을 오는데 당신은 한
강에 왜 오는지…?

발레리나 울고 싶을 때 와요. 강을 보고 있으면 맥박 빠르기도 정
상 속도로 돌아오는 거 같고…

무명가수 울고 싶어지는 일은 계속 생길 거 같은데…

발레리나 한강은 넓어요. 다른 곳을 찾을 수도 있고요.

무명가수 나 때문이라면… 그럴 거 없어요.

발레리나 나를 보여주는 게 익숙하질 않아요.

무명가수 이해가 잘… 무대에 선 당신을 모두가 보잖아요. 당신
이 연기한 지젤을 보러 갔어요. 거기 분명 당신이 있었는
데…

발레리나 그건 조금 달라요. 내가 지젤을 연기하면 지젤을 보는 거
지 나를 보는 건 아니죠.

무명가수 당신이 연기한 지젤에 당신이 없었다니…

발레리나 …

무명가수 발레만큼이나 당신도 복잡하군요.

말을 찾지 못한 발레리나와 무명가수 사이에 고요한 정적이 흐
른다.

기혼남 세상은 이해할 수 없는 거로 넘칩니다. 진짜 알 수 없는
것 중에 하나가, 제 주위에 다 물어봐도 성적소수자를 용
납하는 사람이 없거든요. 불쾌하고 더럽답니다. 대다수
그런데 그들을 등장시키는 광고는 대박이 나요. 물건이
만들어지기 바쁘게 팔려나간다는 거죠.

이해가 됩니까? 앞, 뒤가 안 맞아요. 일관성이 있어야죠. 그래야 예측하던 할 거 아닙니까. 모르겠어요. 정말이지… 기업주들이 금기에 열광하는 이유도 거기에 있습니다. 제가 직업을 말 안 했죠? 광고를 만듭니다. 광고란 게 문화 흐름을 반영해야 하거든요. 이 직업이 꽤 아트적인 데다 철학까지 요구해요. 거기다 요즘은 심리학도 필수가 됐죠. 물건을 파는 게 아니라 마음을 훔치는 시대거든요. 방법이 웃음이든 폭력이든 상관없어요. 요즘은 특별해지고 싶어들 하잖아요. 테디베어 아시죠? 부유층을 위해 만들어진 고가의 인형인데 그게 엄청난 매출을 올리고 있어요. 물건을 가지고 싶어서도 있겠지만, 물건을 공유하는 사람들 속에 자신도 있다는 만족감 같은 거… 성적소수자가 됐든 어쨌든 소수자를 공약하는 게 대세에요. 오늘은 말이 잘 되네요.

아이엄마 다행이다 생각했는데… 기다리는 게 지루하잖아요, 원래…

기혼남 그래도 너무 많은 얘기를 했죠?

아이엄마 다신 만나지 않을 사람이라서 편했을 거예요.

기혼남 우리 친해진 거 아닌가요? 우리라는 말 별 의미는 없어요. 아는 사이 정도는 되지 않나 해서…

아이엄마 내일이면 후회할 수도 있어요. 술자리에서 했던 말 주워 담고 싶을 때 없었어요? 난 있는데… 모르는 사이로 살아요.

기혼남   걱정하지 마세요. 비밀 지켜요.

아이엄마   당신이 아는데… 그건 비밀이 아니죠.

기혼남   아무것도 못 들었어요.

아이엄마   그건 맞아요. 당신은 내 진짜 이야긴 못 들었어요.

기혼남   이름은 알고 싶은데…

아이엄마   손수건…

기혼남   쓴 거라… 다음에…

아이엄마   주세요. 두 번 만나면 그땐 진짜 아는 사람 되니까…

기혼남, 손수건을 아이엄마에게 준다.

기혼남   이젠 뭘 하나…

아이엄마   열심히 아프세요. 열도 좀 나주고… 너무 멀쩡하면 억울
할 거 같아.

기혼남   같이 기다려 드릴까요?

아이엄마   '갈게요.'라고 하든지, 아무 말도 안 해도 상관없고… 그
냥 그렇게 가면 돼요.

기혼남   그냥… 그게 좋겠네요. 그냥 가는 게… 오늘은 이별 인사
를 벌써 해서…

아이엄마   그래요.

기혼남   그럼…

기혼남, 뭔가 말하려다 손 인사를 가볍게 하고 돌아서 간다.

아이, 부스스 일어나며…

아이   엄마 화장실…

아이엄마   그래.

기혼남, 저만치 가다 다시 뛰어와 바흐의 CD를 내밀며…

기혼남   혹시, 음악회를 보시게 되면… 그때까지 기다리는 분이
안 오시면…그러면… 이것 좀 전해주세요.

아이엄마   그럴게요.

기혼남   (자기 주머니를 뒤지며) 혹시 종이 같은 거 있으세요? 펜을
여기 있는데…

아이엄마   (손수건을 주며) 여기다 쓰세요.

기혼남   고맙습니다.

기혼남, 손수건에 짧은 편지를 써서 아이엄마에게 주며…

기혼남   좋아하거든요, 제 손 글씨…

기혼남, 하고 싶은 말은 입안으로 삼키고 돌아서 간다.
아이엄마, 아이를 데리고 화장실 쪽으로 간다.
소녀, 조금 뒤에서 따라간다.
순간, 어디서 불어오는지 바람이 그들을 에워싼다.

아이엄마, 우뚝 멈춰 서서 뒤돌아보면 소녀와 마주 서게 된다.
그러나 아이엄마에게 소녀는 보이지 않는다.
아이엄마의 눈에서 툭 떨어지는 눈물…

아이　　　엄마, 울어?

아이엄마　바람이 눈에 들어갔나 봐. 눈이 시리다.

아이엄마, 손으로 쓱쓱 눈물을 닦고는 다시 아이를 데리고 화장
실 쪽으로 간다.

소녀　　　엄마가 아직 내 냄새를 기억합니다.

소녀, 아이와 아이엄마의 뒷모습에 시선을 두고…

소녀　　　전 7년 전에 죽었습니다. 그래서 엄마가 날, 보지 못합니
　　　　　　다. 사람들은 나를 잊었습니다. 잊지 못한 엄마만 벌을
　　　　　　받고 있습니다.

소녀, 돌아서 설치 무대 쪽으로 시선을 돌리며…

소녀　　　살인자는 여전히 안전합니다. 평온해 보이기까지 합니
　　　　　　다. 사람들의 기억에서 15살 소녀의 죽음이 지워지면서
　　　　　　살인자의 불안도 죄책감도 사라진 거겠죠. 어쩌면 처음

부터 죄책감 따윈 없었는지 모릅니다. 한 번도 용서를 빈 적이 없으니까요. 뉴스에선 여전히 소녀들의 죽음이 등장합니다. 사람들이 금세 잊어버린다는 걸 아니까, 그리고 아무 의심 없이 자신들과 같은 공간에서 살아가는 걸 아니까… 15살 소녀가 뛰어내린 한강이 여전히 흐르듯이…

소녀, 설치 무대 쪽으로 온다.

소녀   엄마는 반대했습니다. 죽은 딸의 몸을 다시 난도질한다는 게 견디기 힘들어서… 아빠는 진실이라는 이름 아래 딸의 육신을 해부실로 보냈고 죽기 직전 강간을 당했다는 사실을 찾아냈습니다. 하지만 그 사실이 살인자를 잡을 수 있는 증거가 되지는 못했습니다. 소녀의 죽음은 자살로 결론이 내려졌습니다. 만약 그 시간으로 다시 돌아가 다시 선택할 기회가 주어진다면 난, 한강으로 오지 않을 겁니다. 칼을 들어 살인자를 찌를 겁니다. 내가 수술용 메스에 찢어진 만큼… 꼭 그만큼… 그리고 묻고 싶어 왜 하필 나였는지? 왜?

기획자, 인부1,2에게 다가오며…

기획자   무대 마무리가 다 됐나요?

인부1   네. 의자만 배치하면 됩니다.

기획자, 주의를 둘러본다. 눈으로 그를 찾고 있다.

인부2   그분 갔습니다.

기획자   무슨 말을 하는 건지 모르겠네요. 빨리 끝내주세요.

기획자의 휴대전화가 울린다.

기획자   (전화를 받고) 여보세요? 아, 너구나… 아니야. 기다리는
전화 없어… 저녁 6시. 애들 데리고 와… 조금 일찍 오면
앞자리에 앉을 수 있겠다… 그래… 어디서 들었어? 너희
들이 생각하는 그런 거 아니야… 규칙?… 내가 아는 규
칙은 아파서 울고 있는 친구를 비난하지 않는다는 거야.
끊을게… 그래, 고맙다. 유부남을 사랑한 도덕적으로 문
제 많은 친구한테 전화 걸어줘서. 참, 충고도 했지. 이렇
게 살지 말라고… 알아. 그 사람도 아내도 있고 아이도
있어. 그래 사랑 아니야. 됐어?… 근데 너도 알게 됐으면
좋겠다. 세상엔 상식으로 설명 안 되는 일들이 더 많다는
거. 전화 올 때 있어… 음악회 준비해야 해. 내가 너랑 같
니? 나 바빠. 애 운다. 밥 줘라.

기획자, 휴대전화를 끊는다.

기획자   나쁜 년.

인부2, 기획자를 살피다가…

인부2   마실 거 없습니까?
기획자   네?
인부2   시원한 거 한잔하면 일에 능률도 오르고 좋지 싶어서…
기획자   내가 사 오죠.

기획자, 나간다.

인부1   왜, 보내? 재밌어지는데…
인부2   …
인부1   부족한 거 없는 여자들이 꼭 사랑은 복잡하게 하거든…
쫓아 가볼까, 뭐하나? 궁금해 미치겠네.
인부2   천박한 호기심…
인부1   아니란 말이야? 솔직하게, 딱 까놓고…
인부2   …
인부1   엿듣기, 훔쳐보기 싫어하는 사람이 어디 있어? 남의 얘
기 이렇다 저렇다 떠들어 대는 게 사람들 즐거움인데…
그거 없었으면 이야기가 세상에 존재하겠어? 나도 책 좀
읽은 놈이야.
인부2   남의 비밀을 알고 싶거든 엿듣지 말고 너한테 털어놓게

해. 너한테 말하면 모든 비밀이 보장된다는 믿음을 주라
고… 너 말처럼 사람들은 이야기 좋아해. 듣는 거, 만큼
이나 하는 것도…

인부1   (씩 웃으며) 형이 좋아지기 시작했다는 얘기 내가 했나?

인부2, 내답 없이 연주자들의 의자를 옮긴다.

인부1   일합시다. 일해야 일당을 받지.

인부1도 연주자들의 의자를 옮긴다.
중절모를 쓴 퇴역군인, 소녀의 곁을 지나 수질 검사원에게 다가
간다.

퇴역군인   여긴 공기가 달러.

수질검사원   한강이잖아요.

퇴역군인   좀 깨끗해졌나 모르것네.

수질검사원   네. 산책 나오셨어요?

퇴역군인   음악회 있나 보네. 그렇단 소리지, 저게?

수질검사원   네.

퇴역군인   (500원 동전을 내밀며) 전화 한번 빌려 쓸 수 있을까?

수질검사원   그냥 쓰세요. (휴대전화를 건넨다)

퇴역군인   미안한디… (동전을 주머니에 다시 넣고는) 경우 없는 노인
네라 그러면 안 돼.

수질검사원 네. 쓰세요.

퇴역군인, 휴대전화를 보다가…

퇴역군인 뵈질 않네.

수질검사원 몇 번인데요?

퇴역군인 (수첩을 꺼내 찾고는) 셋, 다섯, 일곱. 그라고 이, 팔, 팔, 팔이 두 개, 글고 이.

수질검사원, 전화를 걸어 건넨다.

퇴역군인 엉. 나여… 그려… 나? 한강… 노인정에 에어컨 고장이여… 그려… 그려… 뭐혀? 맨날 두는 장기… 누가 이긴겨?… 그려. 내 것도 사라 그려. 그놈도 저번에 나 졌을 때껴서 먹었어… 그려… 이젠 뭐할 겨?… 그려… 저녁참에 일루 나와… 짜장면이야 여기서 시켜 먹으면 되지… 불으면 어뗘. 뱃속에 들어가면 매한가진디… 그려… 재미난 일 있지… 오라면 오지. 말 기네… 그려… 재밌는 일 있으니께 부르지. 음악회 한다느만… 최가랑 박가는 네가 걸어… 남에 전화 빌려서 하는 겨… 빨리 끊고 줘야 혀… 그려… 미안하잖여. 남에 전화 길게 쓰면… 그러면 되는감 후딱후딱 용건만 말하고 끊어야지… 그려. 요즘 젊은 사람들이 전화 잡으면 길어지지… 우린 안 그려… 그래

67

서 올 겨? 재미난 일 있다니께. 짜장면은 여기서 시켜 먹
으면 된다니께… 내가 말 안 했어? 그려… 여기서 시켜
먹으면 돼. 그려… 언능 와.

퇴역군인, 전화를 끊고 건넨다.

퇴역군인 하잔 말만 간단히 혔어… 500원이라도 받아주면 덜 미
안 할 건디. 적어서 그러나?

수질검사원 아니, 정말 괜찮습니다.

퇴역군인 늙은이에게 친절도 베풀고, 된 젊은이구먼.

수질검사원의 휴대전화가 울린다.

수질검사원 (전화를 받는다) 엄마… 네… 집에 별일 없죠?… 걱정 마세
요. 잘하고 있어요. 그때는 사무실에 내 책상이 없었다니
까요… 치워졌는데 사정한다고 달라져요?… 누구요? 저
도 되돌릴 수 있다는 가능성 1%만 있어도 매달렸어요…
이번엔 달라요. 반드시 정규직 될 게요… 일하면서 자부
심 가져보기 처음이에요… 네, 저도 장가 가야죠… 네 알
아요… 네? 형이 또요?… 저 돈 없어요. 적자가 나면 학
원 문을 닫아야. 집 식구들한테 매번 손을 벌리면… 답
답해서… 형제끼리 어려울 때 돕는 거 맞죠? 맞긴 맞는
데… 저도 장가 가야죠… 누가 나 살길만 찾아요? 장가

가라면서요. 돈 없이 결혼을 어떻게 해요?… 없어요. 네,
없다고요.

수질검사원, 전화를 끊는다.

퇴역군인 돈이 무섭지?

수질검사원 …

퇴역군인 물이 더 무서운 거여. 여기서 사람이 얼마나 죽어 나갔는
       디, 아무 일도 없는 거 같잖여. 사람 죽은 거 봤어? 시체
       말여?

수질검사원 아직…

퇴역군인 그 말이 맞네. 언제 볼지도 모르니께. 피난 갈 때는 사람
       들 발에 밟혀서도 죽었어. 다리 건널라고… 100년이 지
       난 것도 아니고 고작 60년 만에 아무 흔적도 없이… 누
       가 알것어. 여기서 총칼에 죽어 나자빠진 시체로 강물이
       쌔빨겠다니께. 지금은 늙은이로만 보이것지만 한때는 나
       라 위해 목숨 걸고 싸웠어. 훈장도 있고… 상사로 퇴역할
       때까지는 그래도 참… 좋은 시절이었지.

수질검사원 한강의 기적이라고들 하죠.

퇴역군인 물 있는 데는 역사가 많아. 다리 무너진 적 있었지. 전쟁
       때 말고.

수질검사원 그때가 초등학생이었을 겁니다.

퇴역군인 벌써 세월이 그만치 갔어? 그때도 무지 죽어났지. 기억

하는 사람이 몇이나 될라나… 깨끗이 청소만 하면 뭐혀.
아직도 사람이 죽자고 강에 뛰어드는디. 아직 사람 사는
곳이 아닌 겨. 오늘 신문 봤어?

수질검사원 아직…

퇴역군인 젊은 사람들은 바쁘니께… 신문이야 한가한 늙은이나
늘다보고 있는 거지. 어제도 하나 뛰어 들었다느만… 저
쪽 위였다나… 돈 없어서 괴롭다고… 환장할 노릇이지.
사람들은 6.25로 전쟁 끝인 줄 아는디 아니여 아직 안
끝난 겨. 이제는 돈하고 싸워. 좀 있어 봐. 아파트 땜에
한바탕 전쟁을 치를 거니까. 세상이 전쟁판이여.

수질검사원 아는 게 많으시네요.

퇴역군인 이놈에 나라는 노인네 죽는 걸 아쉬워하질 않어. 가르쳐
줄 지식이 없다고 생각허니께. 내 자식놈부터가 (눈을 내리
깔고는) 날 이러고 보고 있으면 꼭 그러는 같어. '참 길게
도 산다.' 지 새끼만 물고 빨지. 노인네 무시하면 안 되는
겨. 우리가 목숨을 여러 번 걸었어. 전쟁 때 나라 지켰지.
민주화 만들었지. 경제 살렸지. 그라고 청춘을 다 바쳤는
디 한 달에 사십 얼마 나와. (중절모를 벗어 이마를 보여주며)
이게 총알 지나간 자리여. 이러고 지킨 나라란 말이여.

수질검사원 전 일이 끝나서… 안 가세요?

퇴역군인 음악회 안 보고?

수질검사원 네. 전, 별로…

퇴역군인 먼저 가시게. 친구가 오기로 혀서… 여기서 시간 가는 거

70

보면서 기다릴 참이여.

수질검사원 그럼…

수질검사원, 어색한 웃음으로 인사를 하고는 돌아서 간다.

퇴역군인 (한강을 바라보며) 들을라고 하질 않네. 늙은이가 인생의
비밀을 많이 알고 있다는 걸 몰라서 저러지. 서운해 말
어. 인생이란 게 어차피 다 같아서 상자 하나에 들어가는
거로 마무리되는 건디… 멀지 않았어.

강물처럼 고요한 퇴역군인의 모습을 뒤로하고 걷던 수질검사원,
공중전화 부스로 들어간다.

수질검사원 (전화를 걸고) 엄마. 아깐 죄송했어요. 걱정 마세요. 제가
돈 마련해서 보낼게요. 아깐 답답해서 그랬지, 저 그 정
도 능력은 돼요. 엄마도 조만간 제가 모셔 올 거니까…

언제 왔는지 전화국직원이 검사원의 어깨를 툭툭 친다.
수질 검사원 돌아다보면…

전화국직원 나오세요.

수질검사원 통화 중인데…

전화국직원 이 전화 안 되는 건데요.

화장실에서 나와 공중전화 부스를 지나 매점으로 가는 아이엄
마와 아이.

전화국직원 휴대폰 빌려줄까요?

수질검사원 아직 할 말을 다 못해서…

전화국직원 고장 났다고요. 해체할 거니까 나오세요.

수질검사원 그러세요. 말리는 게 아니라…

전화국직원 나오라고요. 그래야 내가 일을 하지요.

수질검사원, 짧은 숨을 토해내고 밖으로 나와 터덜터덜 걸어
간다.

전화국직원, 부스 안으로 들어가 전화기를 해체하며…

전화국직원 (휴대전화로 전화를 건다) 접니다. 한강 7-3889 전화 해체
합니다. 네. 이거 고장 난 거 맞죠? 삼 일 전에 신고 들어
온 거로 아는데… 아니요. 고장 난 전화 붙잡고 뭐라고
떠드는 사람이 있어서… 혹시 되나 싶어서요. 네, 해체
합니다. (휴대전화를 끊고) 아… 아… 먹통 맞구만… 날씨
가 더워서 그런가…

아이엄마, 아이와 매점으로 가서 주스를 사준다.

아이가 바람개비를 가리키자 아이엄마는 아이에게 바람개비도
사준다.

전화국직원, 공중전화를 들고 나간다.

매점녀   그대로 좀 두지. 이젠 어디 가서 전화를 거나…

아이엄마   고장 난 거 같던데…

매점녀   그러니까요. 그거라도 있어야 전화를 걸죠.

여행가, 공중전화를 바로 보던 시선을 거둔다.

노숙자, 옷을 갈아입고 말끔해진 모습으로 나오다, 여행자를 보고 우뚝 서서 잠시 바라본다.

바람개비를 들고 좋아하는 아이와 아이엄마. 무대 앞쪽 벤치로 간다.

노숙자, 여행자에게 다가와서…

노숙자   그 책 좀 빌립시다.

노숙자, 여행자가 들고 있는 [안나 카레니나]를 펼쳐서 뒤적이며 구절을 찾는다.

노숙자   내 책은 밑줄이 쳐져 있어서 찾기가 쉬운데…

여행가   전 줄 치는 거 싫어해요. 갇히는 거 같아서… 읽을 때마다 감동을 주는 구절이 달라질 수도 있는데…

노숙자   여기. '너는 도대체 생각이라는 게 없어. 죄다 남의 생각들을 빌려다가 네 생각인 것처럼 책을 쓰고 있지. 그런 쓰레기 같은 것으로 도대체 뭘 하겠다는 거냐? 그게 다가 아니지. 너는 농민들을 착취하고 있으면서 농촌에 대단한 목표를 가지고 있는 것처럼 굴고 있지 않니. 너는 그저 네가 하는 일을 뽐내고 싶을 뿐인 거야. 안 그러냐?' 죽어가는 니콜라이가 동생 레빈에게 하는 말이지. 책 내용과는 별 상관없는 얘기지. 톨스토이가 아마 누군가 들으라고 쓴 거 같아. 자신에게 한 걸까? 작가가 양심적이라고 생각하나?

여행자　생각해 보지 않았어요.

노숙자　이 말을 문학을 두고 하는 말이 아닐 수도 있지. 법도 마찬가지라는 거야. 이해가 안 가겠지. 하지만 내 설명을 듣고 나면 생각이 바뀔 거야. 책이라는 단어 대신 법을 넣어 봅시다. '너는 도대체 생각이라는 게 없어. 죄다 남의 생각들을 빌려다가 네 생각인 것처럼 법을 쓰고 있지. 그런 쓰레기 같은 것으로 도대체 뭘 하겠다는 거냐? 그게 다가 아니지. 너는 사람들을 착취하고 있으면서 사람들에게 대단한 목표를 가지고 있는 것처럼 굴고 있지 않니. 너는 그저 네가 하는 일을 뽐내고 싶을 뿐인 거야. 안 그러냐?'

여행자　단어 한 자 바뀌었을 뿐인데 무서워지네요.

노숙자　문학은 사람을 어지럽게 하지.

노숙자, 책을 덮는다.

노숙자 이게 내가 거리를 택한 이유고, 내가 아직 거리에 있는 건 집으로 돌아갈 이유를 찾지 못해서지. 무엇 때문에 돌아가야 하지?

여행자 제 생각에는…

노숙자 누가 그쪽 생각 물었어? 우리가 지금 뭘 하는 거냐고?

여행자 그게…

노숙자 난 할 만큼 했어. 소주 두 병에 컵라면 값으로… 당신 접근이 영 불쾌했지만 허기진 배를 채우는 것도 중요한 문제였으니까. 인생은 함부로 가르치는 게 아니야. 건방지게…

여행자 말이 좋아 여행이지. 떠돌아다녔어요. 누가 말을 걸어주길 원하는 건 아닐까? 내가 그랬듯이… 거리에 산다는 게 혼자라 외로우니까.

노숙자 술이라도 친해 두지.

여행자 처음 가방을 싸고 3년 만에 집으로 돌아갔는데 가족들이 몰라봐요.

노숙자 바람이 사람을 단단하게도 하지만 상하게도 하지.

여행자 엄마는 쉬지 않고 아파요. 전 엄마의 짜증을 받아주면서 먹고 살죠. 아버진… 아버진 나보다 어린 여자랑 살아요. 엄마라고 부르지 않는다고 예의가 없다더군요. 그게 마지막 만남이었어요. 난 음악도 삶도 쉴 곳도 잃었어요.

노숙자 인생에서 보호자가 없어질 나이로 보이는데.

여행자 친구를 만나도 어색하고… 나눌 이야기는 지난 시간을 기억해 내는 게 전부고… 맞아요, 당신 말이… 우리가 지금 뭘 하는 거죠.

노숙자 대학에서 법을 가르쳤지. 나도 한때는 사회를 움직이는 건 도덕이 아니라 법이라는 신념도 있었고… 수업의 일환으로 법정엘 갔지. 그날은 살인범에 대한 공판이 있던 날이었고, 물론 판결엔 문제가 없었소. 무죄. 같이 간, 학생 중 하나가 명백한 살인이라고, 그가 범인이라면서 길길이 뛰더군. 나도 같은 생각이었지만 절대 동조할 수 없었지. 분명 증거는 불충분했으니까. 법은 잘못을 따지는 게 아니라 법을 어겼는지를 따지는 거라고 말해줬지. 살인죄는 사람을 죽인 행위보다 법의 테두리를 벗어났냐가 더 중요하지. 전쟁 중에 사람 죽였다고 살인죄를 선고할 수는 없어. 5.18을 기억하겠지? 분명 죽은 사람들이 있지만, 그 자리에 있었던 모든 사람에게 살인죄를 구형할 수는 없어. 그들은 명령을 받았고, 그들은 살기 위해 맞섰으니까… 그런 예는 밤새 들라고 해도 들 수 있었어. 수없이 많았으니까. 무죄는 아니어도 과실치사도 있어. 의도적인 행위임을 증명하지 못하면… 법이 왜 존재하냐고 묻더군. 법을 다룰 사람이라면 그것에 맞게 사고하라고 목소리를 높였지, 그게 법이니까. 법정에서 본 그자가 무죄냐고 묻더군. 난 법정에서 물을 수 있는 죄가 아니라고 답했어. 강의실을 박차고 나가더군. 법은 아무것도 할 수 없다며… 내 강의는 쓰레기라며… 그때 떠오르지 말아야 할 게 내 머릿속을 지배한 거야. '안나 카레니나'. 조금 전, 그쪽한테 읽어 줬던 그 구절. 절묘한 타이밍이었지. '너는 도대체 생각이라는 게 없어. 죄다 남의 생각들을 빌려다가 네 생각인 것처럼 법을 쓰고 있지. 그런 쓰레기 같은 것으로 도대체 뭘 하겠다는 거냐? 그게 다가 아니지. 너는 사람들을 착취하고 있으면서 사람들에게 대단한 목표를 가지고 있는 것처럼 굴고 있지 않니. 너는 그저 네가 하는 일을 뽐내고 싶을 뿐인 거야. 안 그러냐?' 난 톨스토이를 저주해. 톨스토이를 사랑한 나를 저주하고… 만나지 말았어야 했어. 1910년. 죽은 지 100년이나 된 인간이 나를 거리로 내몰았어. 어떤 질문도 가질 수 없게 만들었지.

노숙자, 구토를 느낀다.

여행자   괜찮아요?

매점녀, 물을 들고 오며…

매점녀   그러기에 때 거르면 속병 생긴다 했잖아요.
노숙자   (숨을 돌리고) 너무 멀쩡해도 문제지. 오래 살 거 아니야.
매점녀   (물을 내밀며) 속 달래요.

노숙자, 숨을 고르며 벤치에 다시 앉아 물을 마신다.

노숙자　내가 말했지. 문학은 사람을 어지럽게 한다고…

매점녀　그런 말 자꾸 하지 말아요. 안 그래도 요즘 책 읽는 사람이 점점 준다는데… 아저씨가 별난 거예요. 예민하다고요. 아저씨 위장처럼…

여행자　인간이 아무 잘못을 저지르지 않아도 때때로 자연은 재앙을 내리죠. 그렇다고 태풍 따위에 질 수는 없잖아요.

노숙자　단지 존재하기 위해 살아가라고 말하는 건가. 또 잘난 척이군.

자전거남, 자전거를 타고 노숙자에게로 온다. 구두남의 구두를 신고 있다.
자전거남은 말끔해진 노숙자를 못 알아본다.

자전거남　실례지만… 여기 노숙자 못 봤어요? 인상 더럽게 생긴 놈인데…

여행자　…

노숙자　…

자전거남　(매점녀에게) 기억 안 나? 나랑 여기서 시비 붙었던… 인간쓰레기 같은 새끼…

노숙자, 매점녀에게 모른 척하라며 고개를 젓는다.

매점녀 그런 사람이 한 군데 붙어 있겠어요. 근데, 왜 찾아요?

자전거남 그 새끼가 내 신발을 가져간 거 같거든… 혹시 보면…
(매점녀에게 전화번호를 적어주며) 이쪽으로 전화 좀 줘. 부
탁해, 아가씨.

자전거남, 자전거를 타고 간다.

매점녀 (재미있다는 듯) 아저씨 말끔하게 차려입으니까 못 알아보
네요.

노숙자 그 번호 나 주라.

매점녀 (쪽지를 건네며) 왜요? 신발 돌려주게요?

노숙자 어떤 수도 규칙과 방법을 가진다면 수열을 만들어 낼 수
있지.

매점녀 어렵게 말하면 멋있어 보이는 줄 알죠?

노숙자 오랜만에 머리가 맑아지는 기분이야. (여행자에게) 돌아가
서 가방을 풀라고. 거리에서 몇 년을 보내도 달라지는 건
없어. 경험으로 터득한 거야. 믿어도 돼. 그리고 논리적
인 사고도 버려. 세상은 논리적으로 따지면 희망이 없어.

노숙자, 일어서 가려는데…

여행자 어디 가세요?

노숙자 엄청난 일을 계획하고 있어. 일이 잘 끝나면 나도 집으로

돌아갈 수 있을 거 같아.

매점녀   음악회는 보실 거죠? 늦지 마세요.

노숙자   그럼. 삶의 위안은 받아야지.

노숙자, 나간다.

매점녀   (여행자에게) 여기 있을 거예요?

여행자   음악회가 있다는데 기다려야죠.

매점녀, 매점으로 간다.

서로 어깨를 감싸고 걷는 연인, 배드민턴을 치는 사람, 달려가는 아이들, 친구를 기다리는 퇴역군인, 무대를 설치하는 인부1,2, 바람개비를 든 아이와 아이엄마, 몇몇 사람들과 그리고 한강에 도 소리 없이 시간이 흐르고 있다.

...

아이엄마, 휴대전화를 건다.

아이엄마   (휴대전화를 들고) 언제까지 기다려야 돼?… 여기서 만나 자고 한 사람, 당신이야… 나를 괴롭힐 생각이었겠지… 얼마든지… 당신을 괴롭혀서 그 애가 살아 돌아온다면, 단 한 시간만이라도 살아 돌아온다면 평생을 괴롭혀 줄 수도 있어… 우리 딸이 돌아오면 안 된다는 걸로 들려… 아니면… 당장 나타나.

아이엄마, 휴대전화를 끊는 손이 가늘게 떨린다.

눈물이 가득 차오르지만 흘리고 싶지 않다.

아이　싸우지 마.

아이엄마　엄마가 화가 나서 그래. 아빠가 화염병 들고 만든 나라다. 그런데… 그 나라가 네 언니를 죽였거든… 추억이 되지 못하는 기억은 잊혀지지도 지워지지도 않은 채 괴물이 되어 버리지.

아이　엄마…

아이엄마　엄마 말 알아들은 거야? 이해하는 거야?

아이　자전거 타고 싶어.

아이엄마　(짧은 숨이 몸속에서 빠져나온다) 그래, 아빠 오면…

아이　심심해.

무대 설치를 끝낸 인부1과 2 무대에 걸터앉는다.

소녀, 조금 떨어진 곳에서 그들을 보고 있다.

인부1　내가 형이라면 제대로 된 일을 찾겠어. 대학 공부까지 한 사람이… 요즘 등록금도 비싸다며…

인부2　중요한 건, 일한다는 거야. 심장이 뛰는 동안은 최선을 다해 뛰는 거야. 그게 사는 거야.

인부1　그러니까 제대로 된 일을 찾아야지. 내일 아침이면 이 자리에 무슨 일이 있었는지 아마도 모른다고, 흔적도 없이 치워지니까.

인부2 다시 설치하면 되지. 그럴 때마다 날 필요로 할 테고…

바람이 소녀를 스쳐 인부1,2에게로 분다.

인부1 이 냄새…

인부2 무슨…

인부1 (자기 몸에 냄새를 맡으며) 그냥 익숙한 냄새가 나서… 아닌데… (인부2의 냄새도 맡아 본다) 아이, 땀내. 어디서 나지?

소녀 왜 나였지? 난 너한테 잘못한 게 없는데… 알고 싶어. 왜 나였는지…

인부2 무슨 냄샌데?

인부1 지금까지 무서웠던 적 있어?

인부2 …

인부1 세상 끝에 사는 기분이 들었던 적?

인부2 있어.

인부1 언제?

인부2 순식간이었어. 엄청난 소리였지. 펑! 먼지… 화약 냄새. 그 순간 내 앞에 뭔가가 떨어졌어. 내무반 내 옆자리서 자던 녀석… 피투성인 채로 갈기갈기 찢겨서… 살 타는 냄새… 때때로 구토를 느낄 만큼 아직도 생생해. 그 냄새…

인부1 그래, 냄새…

인부2	신참 녀석이 던진 수류탄을 동기 녀석이 몸으로 덮쳤어. 한참을 그렇게… 움직이지 못했어. 죽었나. 살았나. 내가… 살았다는 걸 알아차린 게 냄새.
소녀	왜 나였지? 난 너한테 잘 못 한 게 없는데… 알고 싶어. 왜 나였는지…
인부1	젠장 할… 생각났어. 이 냄새… 왜 지금…
인부2	냄새는 살아서 기억을 자극하지. 각인된 냄새는 쉽게 지워지지 않아. 내 몸에 각인된 죽음의 냄새가 생각을 정지시켰고, 살아있다는 자각을 위해 나는 나를 세워야 했어. (망치질 소리) 내 귀로 들어오는 그 소리가, 이마를 타고 내리는 땀이, 끊어질 거 같은 뼈의 고통이… 나는 아직 살아있다는 안도였어. 그 안도가… 그날 찢겨진 동기들의 육신과 마주할 때면 난 나를 용서할 수가 없다. 죄명도 모르지만 나는 나를 용서 할 수가 없다.
소녀	왜 나였지? 난 너한테 잘못한 게 없는데… 알고 싶어. 왜 나였는지…
인부2	땀을 너무 많이 흘리잖아. (인부1의 땀을 닦아주다가) 맥박이 너무 빨라.
인부1	7년도 더 지난 일이야. 기억도 희미해. 그런데 바로 조금 전에 저지른 일처럼 내 몸이 떨고 있어.
소녀	왜 나였지? 난 너한테 잘못한 게 없는데… 알고 싶어. 왜 나였는지. 우린 친구였잖아.
인부1	우린 재미있는 일이 필요했어. 친구 셋이 모여서 각자 여

자 친구들에게 전화를 했고, 다들 오지 않겠다고 했는데… 그 애만… 난 분명히 알았어. 그 애도 좋아한다는 걸… 처음엔 싫다고 했지만 결국은 친구들하고도 했어. 그게 다야.

인부2   누가?

인부1   난 숙이라고 한 적 없어. 집으로 갔어야지. 나쁘게 대하지도 않았는데… (단추를 풀며) 몸에서 불이 나. 너무 뜨거워.

인부2, 마시는 물을 가져와서 인부1의 머리에 붓는다.

인부1   한강에 떨어진 건 혼자서 선택한 거야. 재밌어야 하는데 심각한 일이 되어버렸다고. 성폭행을 당한 15세 김모양. 한강으로 투신자살. 신문을 보고 알았어. 그날 일을 숨기기 위해 몇 가지 거짓말을 했지. 범인이 잡힐 리 없잖아. 유일하게 우리 얼굴을 아는 애는 죽은 그 애 뿐이었으니까… 뜨거워. 내 살이 터지려고 해.

인부1, 미친 듯이 한강으로 뛰어든다.
인부2, 쫓아가 인부1을 잡는다.

인부2   이러다 죽어.

인부1   뜨거워… 살이… 아…

한참을 실랑이 하는 인부1,2.

모여드는 시선들…

인부2, 인부1에게 주먹을 날린다.

인부1, '픽'하고 쓰러진다.

인부2   정신 차려. 야, 야.

인부1   (두려움에 떨며) 진실은 영화에서만 밝혀지는 거잖아. 인
           생에서는 끝까지 밝혀지지 않잖아.

인부2   너는 알잖아. 7년 전 냄새도 기억하면서…

인부1   그러니까 왜? 왜? 왜, 지금…

인부2   …

인부1   살고 싶어. 그 애도 살고 싶었을까?

인부2   처음 네가 할 일은 죽은 그 아이의 고통에 무릎을 꿇는
           거야.

인부1, 무릎을 꿇고 운다.

인부2   그다음은… 같이 가줄게.

인부2, 인부1을 부축해서 나간다.

소녀, 인부1을 한참 쳐다본다.

기획자, 음료수를 들고 나온다. 인부1,2를 찾지만 보이지 않는다.

기획자, 휴대전화를 건다.

기획자 인부들이 안 보여?… 모르겠어.

아이엄마, 아이에게 벤치에 앉아 잠시 기다리라고 하고는 기획자가 통화하는 사이 그 앞에 선다.

기획자 무슨…

아이엄마 일이 좀 있었어요.

기획자 (전화에 대고) 끊어봐. 찾은 거 같아… 아니, 일은 끝냈어. 그래. (전화를 끊는다) 어디 있죠?

아이엄마 병원에 갔을 거예요. 아픈 거 같더라고요.

기획자 그래요.

아이엄마 그리고 이거… (기획자에게 바흐의 CD를 건네며) 돌려주지 못한 거라고… (손수건도 건네) 당신 남자가 떠나면서 주네요. 얼룩은 그 사람 눈물이에요. 나쁜 사람은 아니었던 거 같아요. 요즘 편지 쓰는 남자 드문데… (편지도 건넨다)

기획자, 편지를 읽는다.

기획자 [편지 쓸게… 오래는 아니고… 널 잊는 시간 동안만… 보내는 편지가 다시 돌아오지 않았으면 좋겠다. 악담도 하고 저주도 퍼부어. 속에 담아두지 말고. 난 나쁜 놈 맞으니까. 넌 특별해서 사랑을 멈출 수 없었다. 미안하다.]

아이엄마 사는 건 고통에 익숙해지는 거예요. 면역력이 생기면 견디기 쉬워질 겁니다. 그만큼 단단해지니까.

기획자 이런 게 심장이 부서질 거 같다는 거군요.

아이엄마 소중한 걸 잃으면 그래요. 나도 알죠, 그거… 7년 전 내 딸을 잃었을 때… 딸을 잃은 거보다 더 아픈 건, 내 딸이 지구상에 마지막으로 만난 사람이 살인자였다는 거죠.

기획자 …

아이엄마 나보다 더 아픈 사람을 보면서 위로받고 사는 거예요. 사람은…

기획자 …

아이엄마 …

소녀, 벤치에 앉아 있는 아이에게 다가가 앉는다.

소녀 네가 동생이구나. 한순간도 서로를 보지 못했지만 나를 닮았어… 여자가 되어 가는 게 어떤 건지 내게 들려줘. 언니가 좀 바빠서… 그만큼 살질 못했어. … 약속 하나 해줘. 아무리 화가 나는 일이 있어도, 절대 너한테 화를 내지 않겠다고… 언니가 그걸 못했어. 그래서 너무 많은 사람을 아프게 했어.

잠시, 강의 고요가 흐른다.
아이엄마, 기획자의 등을 가볍게 쓸어주고는 아이 곁에 앉는다.

아이엄마 엄마가… 얘기할 게 있어.

아이 …

아이엄마 엄마랑 아빠랑 잠시 떨어져 살려고 해. 넌 달라지는 거 없어. 아빠는 영원히 아빠고 엄마는 영원히 엄마야. 엄마가 아빠의 아내가 아니고 아빠가 엄마의 남편이 아닌 거, 뿐이야. 다인이가 아빠랑 살아야 하는 건 할머니가 많이 아프셔. 미국에 계시는 외할머니… 알지? 엄마가 잠시 할머니의 딸로만 살려고 해. 시간을 약속할 수는 없지만 언젠간 할머니를 보내 드릴 때가 되면 잘 끝내고 엄마로 다시 돌아올게. 그때는 좋은 엄마 될게. 엄마가 원하는 거 모두 널 위해 양보하면서 살게.

아이, 엄마의 눈물을 손등으로 닦아준다.

…

무명가수, 기타 덮개에 기타를 넣으며 발레리나에게…

무명가수 음악회 시작할 시간이 다 돼가네요.

발레리나 가게요?

무명가수 내 무대가 아니니까… 인생에서 꿈꿀 일이 많았으면 좋겠어요.

발레리나 마지막 인사군요.

무명가수 공연장으로 보러 갈게요. 당신이 알아채지 못하게…

발레리나 그런 일은 없을 거예요.

무명가수 좋아요. 그렇게 싫다면 가지 않겠어요.

발레리나 나… 발레 그만뒀어요.

무명가수 무서운 말이군요. 아무리 화나는 일이 있어도 그런 말은 밖으로 뱉는 게 아니에요. 정말 잃게 되면 어떡해요? 당신 안에 뭔가를 죽일 수도 있어요.

발레리나 이미 죽었어요.

무명가수 당신한테 무슨 일이 일어나고 있는 거예요?

발레리나 더는 발레를 할 수 없다고요.

무명가수 일은 언제든 꼬이게 되어있죠. 또 언제든 풀리게도 되어 있어요. 문제 앞에서 도망가기엔 나이가 너무 많아요.

발레리나 몸이 움직이질 않는다고요. (신발을 벗어 보이며) 삐뚤어진 내 발이 더는 견디기 힘든가 봐요.

무명가수 (발레리나의 발을 만지며) 정말 움직이지 않아요? 정말…

발레리나 음악을 탈 수가 없어요. 몸이 나를 거부해요. 지금껏 지젤 하나만 원했는데… 이제 지젤로 무대에 설 수 있는데… 운명이 허락하질 않네요.

발레리나, 품에서 발레슈즈를 꺼내 무명가수에게 준다.

발레리나 당신한테 줄 수 있는 마지막 선물이에요.

무명가수, 슈즈를 받아들고 한참을 내려다본다.

음악회를 기다리는 사람들 하나, 둘 설치 무대 앞으로 모여든다.

그들 사이에 수질 검사원, 모습도 보인다.

수질검사원 옆에 탈북녀도 서 있다.

탈북녀 뭐 합매까?

수질검사원 오케스트라 연주가 있다네요.

탈북녀 오케스투라. 그거이 뭡매까?

수질검사원 클래식을 연주하는…

탈북녀 클라식이 뭔데요?

수질검사원 그게… 음악입니다.

탈북녀 아, 음악… 그거이 내가 잘 알지요. 잘 됐네요.

요란하게 울리는 사이렌 소리.

사람들 웅성거리며 주위를 둘러본다. '사람이 죽었다'라는 소리
가 섞여 들린다.

사람들 사이로 들것에 실려 나오는 시체. 하얀 천으로 덮여 있다.

사람들 사이로 아이의 시선을 잡는 것이 있다.

아이 구두… 아빠 구두…

아이엄마, 설마 하는 마음에 보는데 맞다. 남편의 구두다.

아이엄마 설마… 아닐 거야. 아니야.

들것에 실려 나가는 주검을 따라 나가는 아이엄마와 아이.

소녀도 그 뒤를 따라간다.

그 모습을 보고 있던 탈북녀, 수질검사원에게…

탈북녀   태어나서 배운 게 사는 겁네다. 이래도 살고 저래도 살고… 여기 사람들은 약해 빠졌습네다. 이래도 죽고 저래도 죽고, 왜 드렇게 죽는 방법만 찾아 내는지…

수질검사원 …

이때, 기획자의 휴대전화가 울린다.

기획자   (통화 중이다) 나야… 여기에 좀 문제가 생겼어… 아니… 그런 건 아니구… 뭐? 사고?… 연주자들은?… 많이 다쳤어?… 다행이다… 그렇구나… 연주회를 못 하겠구나… 어쩔 수 없지. 출연자들이 교통사고를 당했다는데… 알았어… 내가 수습할게. (전화를 끊는다)

기획자, 멍하니 서 있다. 뭘 해야 할지 모르는 사람이다.

여행자, 기획자에게 다가가…

여행자   6시 정각에 시작하나요? 올 사람이 있어서요. 시간을 못 맞출까 봐.

기획자   오늘 연주회 없습니다. 취소됐어요. 다 끝났어요.

여행자　안 돼요. 사람이 올 건데…

기획자, 현수막을 찢으며…

기획자　오늘 음악회는 취소됐습니다. 다들 돌아가세요. 가세요.

사람들 불만으로 웅성이다, 하나둘 발길을 돌린다.

퇴역군인　기다리는 건 오지 않지. 친구 놈들이 거짓말쟁이라고 하
　　　　　겠군.

퇴역군인, 나간다.
기획자, 무대에 걸터앉는다.
기획자, CD플레이어를 튼다. 바흐의 Toccata and Fugue in D
minor, BWV565가 흘러나온다.

여행자　바흐의 곡이네요.
기획자　죽은 지 260년 지난 사람의 음악이 살아있는 나를 울린
　　　　　다는 게… 바흐는 알았을까요? 내가 자신의 음악을 들을
　　　　　지…
여행자　'이제 잠들어라. 그대의 명성은 몰락과는 인연이 없으
　　　　　리라.' (바흐가 떠난 이듬해 이탈리아 작곡가 테레마니가 쓴 추
　　　　　도시)

기획자   우린 가치 없는 일에 너무 매달리며 살아요.

그 모습을 보던 무명가수, 발레리나의 손을 끌고 설치 무대로 간다.

무명가수   (기획자에게) 무대 좀 써도 될까요?

발레리나   무슨 짓이에요?

무명가수   이건 당신의 시간이에요. 당신이 발레를 할 수 있는 마지막 무대일 수도 있어요.

발레리나   못해요.

무명가수   발레를 못 해도 인생을 포기하며 살 수는 없잖아요.

무명가수, 발레리나에게 슈즈를 신겨준다.

무명가수   지금보다 더 끔찍할 수는 없어요. 최악은 지났으니까.

발레리나, 무대로 오른다. 그리고 천천히 아주 조심스럽게 움직이지 않을 거 같던 발이 음악을 타고 걷는다. 뛴다. 춤을 춘다. 발레를 춘다.
구두남이 맨발로 걸어온다. 반대쪽에서 아이와 아이엄마가 다가온다.
서로를 보고 멈춰 선다.

아이엄마　구두는 어쩌고…?

구두남　그렇게 됐어.

한강이 흐르고…

매점 옆 벤치에 앉는 노숙자.

매점녀　무슨 일 있었어요? 아저씨… 피…

매점녀, 노숙자의 피 묻은 옷을 벗긴다. 어디에도 상처는 보이지 않는다.

매점녀　누구 거예요? 피…

노숙자　… 내가 여기 왜 와 있지? 여기까지 온 나를 아버지가 용서하실까…

강이 흐르고…

탈북녀　살자고 넘은 강인디… 강에서 죽었슴다. 우리 오마니도 아바지도…이라고 앉아 보고 있으면 강이 어쩌자고 이러고 다를까 싶은 게… 참… 남쪽 와서 못된 버릇이 생겼슴다. 툭하면 수도꼭지 새는 거 마냥, 줄줄줄… (말을 이어가지 못하고 눈물을 쓱 닦아낸다) 휴대전화를 사면 뭐 합매까. 걸 데도, 올 데도 없는디.

94

수질검사원 저한테 거세요.

흐른다…
다시 춤출 수 있는 발레리나, 기쁨에 무명가수에게 달려가 안
긴다.

발레리나 움직여요. 다시 발레를 할 수 있어요. (전화를 건다) 지금
가요. 늦지 않게 갈게요. (전화를 끊고) 가야 돼요.
무명가수 당신의 무대로 돌아가요. 특별한 땅으로…

발레리나, 미소를 보이고는 돌아서 뛰어간다.
마주 선 아이엄마와 구두남.

아이엄마 잘 지냈어?
구두남 얼굴 보면 몰라?
아이엄마 몸 좀 돌보지.
구두남 외식이라도… 어차피 밥은 먹어야 하잖아. 밥 먹고 가라.
아이엄마 저녁으로 버섯전골 할 건데… 매실청 넣어서 갈비도 재
고…
구두남 …
아이엄마 좋아하잖아.
구두남 다신 못 먹는 줄 알았어.
아이엄마 엄마도 많이 좋아지셨데…

아이   저기… 고래… 고래.

한강의 사람들 아이가 가리키는 곳으로 시선을 돌린다.
거기 한강에 고래가 헤엄쳐 간다. 마치 신화 속 한 장면처럼…
여행자, 전화를 건다.

여행자   나, 지금 집으로 가요… 엄마는 말해도 믿지 않을 거예
요. 저 지금 전설이 될지도 모르는 이야길 보고 있거든
요…

구두남   (전화로) 굉장한 기사가 있어… 죽은 강인 줄 알았는
데… 고래가 살아… 그래 말 안 되지. 여긴 바다가 아
니니까. 그런데 고래가 살아. 이번엔 제대로 쓸 수 있을
거 같아. 제대로… 제대로 살 수 있을지도 몰라… 고래
도… 사니까.

고래가 하늘 높이 튀어 오른다. 고래의 물줄기가 쏟아지면서…
막, 내린다.

잔치

등장인물

老母

장진구　1963년생

장진숙　1965년생

장진욱　1967년생, 87년 봄에 죽음

장진호　1970년생

캐빈　　진숙의 아들. 17세

병길네

순경

무대

2011년 이른 봄의 부산.

아직 이른 봄이라 마당에 선 동백나무에 붉은 동백꽃이 아직 지지 않았다.

그 옆으로 개나리도 진달래도 봉우리를 한껏 부풀린 채, 오늘내일 터트릴 날을 기다리고 있다. 세월과 단정한 집주인의 성격이 엿보이는 정원이다.

마당 한쪽에 손길이 끊긴 지 오랫동안으로 보이는 어망이 쌓여 있다.

광주리에 담겨 볕에서 말려지는 생선들이 바닷가 마을임을 알게 한다.

야트막한 담장을 끼고 대청마루 사이로 안방, 건넛방이 있고 마당 한쪽으로는 방이 둘 더 보인다.

세월 탓에 집이 낡아 보이기는 하지만, 시간 저편에서는 선주의 기세가 당당했음이 느껴진다.

마당 뒤로 돌면 정재가 있을 거지만 잔치 음식을 준비하는 터라 마당이며 대청마루에 음식 장만을 위해, 봐다 놓은 찬거리로 그득하다.

마당 한쪽에 놓인 연탄 화덕에 큰 솥이 올려져 있다.

1.

노모, 데친 고사리를 들고 나온다. 큰 솥의 뚜껑을 열자, 김이 확 오른다.

큰 국자로 고기를 건져 내고는 데친 고사리를 솥에 넣는다. 숙주도, 버섯도, 토란대도, 듬성듬성 썬 대파도…

일그러진 앓는 소리와 둔탁하게 두드리는 소리가 들린다.

노모　와요?

노모, 솥뚜껑을 닫고 불을 줄인다.

점점 신경질적으로 변하는 소리.

노모　가요.

노모, 세숫대야에 물을 받아들고 안방으로 들어간다.

병길네, 머리에 양푼을 이고 마당으로 들어선다.

병길네　성님! 어데 가셨나? 안에 계신가? 요놈을 내리야 겠는데… 우짜지…

조심스럽게 그리고 힘겹게 머리에 이고 있던 양푼을 내려놓는다.

병길네 정수리 쪼개지네… (마루에 걸터앉으며) 아이고 대라. 냄새
가 뭐 이리 좋노. (솥단지 열어보며) 육개장 끓이네. (국자로
국물을 떠 맛본다) 칼칼하니 잘됐네. (그제야 마당을 둘러보며)
뭐 이리 음식을 많이 하노. 잔치하나… (이것저것 그릇을
열어보더니) 성님, 감주 담았네. (감주를 떠 한 그릇 쭉 들이킨
다) 아따~ 맛나다.

노모, 벗긴 속옷과 대야를 들고 나온다.

노모 왔나?
병길네 이리 주소.
노모 됐다.
병길네 이러다 성님 병나지 싶어 그래요.
노모 몸이 늙었는데 내 맘대로 되나.
병길네 그라니까 아끼라지. 주소.
노모 드럽다.
병길네 (대야를 뺏으며) 짐승 똥도 치워 주고 사는데, 무슨…

병길네, 수돗가로 가서 조물조물 빨래한다.

노모 밥은?

100

병길네　시간이 얼만데…

노모, 병길이 가져온 양푼을 보고는…

노모　언제 왔다 갔노.

병길네　내가 이고 왔구마. 아직도 정수리가 뻐근하구만도.

노모　와? 바쁘다나. 택시라도 부르지.

병길네　누웠다데요.

노모　어데 아파가?

병길네　상두네 배달 갔다가… 잔칫집서 사람 그냥 보내게 되는 가. 한 잔이 두 잔 되고 두 잔이 석 잔 된 기지. 돌아오는 길에 자전거가 도랑으로 굴렀다데요.

노모　마이 안 좋나?

병길네　명은 질긴지… 뿌라진 데는 없고, 운신을 못한다데요.

노모　술이 화근이다.

병길네　정이 웬수지. 술잔이야 정 따라오고 가는 건데…

노모　…

병길네　돼지머리까지 누르고… 와요? 잔치하게.

노모, 수돗가로 가서 손을 씻는다.

병길네　뭔 잔치? 네 성님댁에 대소사 뻔히 다 꿰고 있구만… (손을 짚어 세어 보고는) 이 달에는 없는데… 뭔 일인가?

101

노모   아들 온다.

노모, 눌린 머리 고기를 썬다.

병길네   누구? 큰아들?

노모   …

병길네   막내?

노모   …

병길네   미국 사는 진숙이?

노모   …

병길네   셋 다? (사이) 진숙이가 몇 년 만이지요?

노모   …

병길네   아따, 답 기다리다 숨넘어가겠다.

병길네, 다 빤 빨래를 마당 빨랫줄에 넌다.
노모, 묵묵히 음식 장만만 한다.

병길네   그래서 형님 어깨에 힘이 탁 들어갔구나. 오랜만에 자식
        들 끼고 좋겠네, 우리 성님. 그래도 너무 마이 차린다. 누
        가 다 먹을 기라고… 덕분에 동네 사람들 성님, 손맛보겠
        네. 아저씨 저래 눕고 잔치하기는 처음이다. 그지요?

노모   …

병길네   우리 성님, 또 말 없다.

병길네, 노모 곁에 앉으며…

병길네   내 뭐 하까요?

노모   겉절이나 무치라.

병길네   예.

병길네, 양념장을 만든다. 멸치젓갈을 맛보고는…

병길네   멸치젓갈 맛 나라. 성님은 늙어도 솜씨는 안 낡았네. 멸
치젓 다져가 청양고추 착착 썰어 넣고 양념해가 쌈 싸
먹으면 집 나간 입맛도 돌아오겠다. 성님, 마늘은…?

노모   빼고 해라.

병길네   집에 없나? 우리 집에 있는데 금방 갔다 오께요.

노모   고마 됐다.

병길네   마늘이 들어가야 맛이지.

노모   …

병길네, 입을 삐죽이며 다시 앉아 겉절이를 무친다.

노모   손 맵다. 장갑 끼고 해라.

병길네   됐구마. 성님은 좋겠네. 나랏일 하는 아들도 두고… 내는
진구가 될 줄 알았다니까.

노모   …

병길네　풍으로 쓰러지기 전만 해도 이 동네서 장 선주네 신세
　　　　　안 진 사람이 어딨고, 성님이 밥으로 쌓은 덕이 얼만데…

　　　　　노모, 말리려고 널어 둔 생선들을 만져 보며…

노모　　시절은 지나가면 그만이고, 돌려받자 한 것도 아이다.

병길네　은혜 모르면 짐승이지. 진호는 서울서 밥벌이는 하는가?

노모　　…

병길네　예?

노모　　내가 아나.

병길네　진숙이는 미국… 어데라 했는데… 듣고도 모르겠네…

노모　　시카고.

병길네　아, 이제 기억난다. 거서 잘 사는가?

노모　　오거든 물어봐라.

병길네　맞다, 진욱이. 가가 봄이지요?

노모　　(버럭) 침 다 튄다.

병길네　(그 소리에 움찔하며) 아이고… 식겁아. (입을 오므리며) 요래
　　　　　말했구만도, 침은 무슨… 성격 깔끔한 거 다른 말로 하면
　　　　　성질 드럽다는 말인 거 아는가 몰라.

노모　　안다.

병길네　들렸는 갑네. (깔깔 웃으며) 성님, 귀도 밝다. 바끼지 마소.
　　　　　나이 들어가 해오던 거 안 하고, 안 하던 거 하는 게 문제
　　　　　라. 그거 죽을 날 받아 놨다는 신호라데요.

노모	니는 좀 바까라.
병길네	바끼면 죽는다 안하요. 내 죽고 무슨 재미로 살라꼬… (겉절이 맛보며) 잘 됐다. 성님, 간 볼라요?
노모	(한쪽에 있는 통을 가리키며) 저 담아라.

병길네, 통에다 겉절이를 담는다.

| 노모 | 배 들어 올 시간이네. |

병길네, 수돗가에서 겉절이 무친 양푼을 씻으며…

| 병길네 | 바다 나간 아들이 있는 것도, 서방이 있는 것도 아닌데 시간을 뭐한데 봐요? |

취나물을 볶는 노모.
병길네, 씻은 양푼은 마당에 세워두고 씻은 손은 쓱쓱 옷에 문지르고는 노모 곁에 앉는다.

병길네	취나물이네. 언제 이걸 다 캤노. 성님, 부지런한 건 상 줘야 한다.
노모	…
병길네	(나물 간을 보며) 나물은 조선간장으로 간을 해야 맛이다. 꼬시다.

노모	(나물 간을 보고는) 쓰다. 간장 맛이 나물 맛 배리 났다.
병길네	성님, 입이 쓴 갑다. (다시 집어 먹으며) 사람들 말 많은 거 알아요? 용선료 싸게 받는다고.
노모	날이 지랄이라 건져지는 게 없다는데 우짜노.
병길네	딴 집이랑 비슷하게 내줘야 욕을 안 듣지…
노모	오래 살겠네.
병길네	욕자시고 오래 살라고 부러 그랬는 갑네.
노모	그래.
병길네	우리 성님이 농도 다하고 기분이 좋긴 좋은 갑다.
노모	대학 다니는 딸아, 아들아 둘이다. 등록금 맞춘다고 빚 안 내면 다행이지.

병길네, 노모를 매달리듯 안으며…

병길네	내는 성님 옆에 딱 붙어 있어야지.
노모	덥다.
병길네	성님, 천당 가면 치맛자락 붙잡고 따라 갈라요. 꼭 내 데 꼬 가소.
노모	지옥 가면 우짤래?
병길네	그라믄 (노모에게서 떨어지며) 얼른 놔야지.

웃는 노모와 병길네.

병길네　성님네 마당에도 봄 오네요.

노모　동백이 지고… 개나리, 진달래 피야지.

병길네　붉은 게 곱네.

노모　한바탕 땅이 붉을 기다.

바람을 타고 사이의 시간이 흐른다.

노모　병길아.

병길네　와요?

노모　우리 배, 네 해라.

병길네, 무슨 말인가 싶어 노모를 본다.

노모　남은 배가 그게 다다.

병길네　그걸 내가 와 받아요? 자식도 주지 말고 성님, 단디 갖고 계시소.

둔탁하게 두드리는 소리.

노모　웃음소리 듣고 역정났는 갑다.

노모, 방 안으로 들어가며…

노모	솥에 불 좀 꺼라.
병길네	예.

병길네, 연탄 화덕에 불을 끈다.

병길네	(들으라는 듯) 염치없는 인간 만드는 것도 어느 정도라야지.

병길네, 냉수를 단숨에 들이켠다.

병길네	뭔 길 떠날 사람도 아이고… (문득, 방 쪽을 보며) 어데 가시나…

순경이 자전거를 끌고 들어온다.

순경	계십니까?
병길네	웬일이고?
순경	안 계십니까?
병길네	성님, 나와 보소. 성님!

노모, 방 안에서 나오며…

노모	와, 떡 왔나?
순경	편안하셨습니까?

노모   오야. 어른들 잘 계시제?

순경   예. 선주 어르신은 어떠십니까?

노모   맨날 그렇지 뭐.

순경, 자전거에 싣고 온 보자기로 싼 꾸러미를 내민다.

순경   어무이가 갖다 드리라고…

노모   뭔데?

순경   별거 아입니더.

순경, 대청마루에 꾸러미를 내려놓는다.

병길네   풀어 보면 알겠지…

병길네, 보자기를 풀면 홍삼 강정이다.

병길네   홍삼 강정이네…

순경   어르신 드리라고…

노모   뭐 이리 귀한 거를… 고맙다 해라.

순경   예.

순경, 선뜻 할 말을 꺼내지 못하고 머뭇거린다.

병길네   일없나? 줄 거 줬으면 가그라.

순경   예.

노모   단술이나 내 온나.

병길네, 식혜를 뜨러 간다.

노모   앉아라.

순경   예. (마루에 걸터앉으며) 잔치하십니까?

병길네, 식혜를 떠다 순경에게 건네며…

병길네   장 의원 오는 거 알고 와 놓고 모른 척하기는… 이거 뇌물이제?

순경   어데예…

노모   시의원이 무슨 힘이 있다고…

병길네   그래하다 보면 국회도 가고…

노모   (말을 막듯) 내뱉는 말마다 버릴 말뿐이고… 쯧쯧쯧…

순경   아입니다. (조심스럽게) 말씀 한마디 넣어주시면 지한테 많이 도움이 됩니다.

병길네   거 보소. 내 말이 맞구만도…

노모, 다시 보따리를 싸며…

노모	가져가거라.
순경	말이 그렇다는 거지, 뭐 바라고 가져온 거 아입니다.
노모	먹을 사람이 없어 그란다.
병길네	성님이 자시소. 내도 옆에서 맛 좀 보구로…
노모	마음은 감사하다 전해 드리고.
순경	참말로 딴 맘 있어가 가져온 거 아입니더. 받으이소.
노모	내일 아침나절에 집에 들리라.
순경	예?
노모	우리 집 잔치한다.
순경	예.
병길네	두고 가라. 빈손으로 장 의원이랑 인사 트기 그렇다 아이가.
노모	(단호하게) 쓸데없는 소리.

병길네, 순간 움찔한다.

순경 어무이가… 신세진 거 갚자 치면 바닷물로도 모자란다 하셨는데 이거라도 드리면 마음이 쪼매 편해지지 싶다면서 그래가 보내신 겁니더. (일어서며) 지는 그만 가봐야 겠심더. 무전이 들어 올 때가 됐는데…

순경, 괜스레 무전기를 탓하며 자전거를 타고 서둘러 나간다.

병길네   이래서 집안에 나랏일 하는 사람이 하나 있어야 돼.

병길네, 보자기를 풀려고 하면 노모, 병길네의 손을 '탁' 친다.

병길네   아이고, 아파라. 맛 좀 봅시다.
노모   돌려 줄기다.
병길네   내일 오랄 때는 언제고…

노모, 굳게 다문 입으로 보따리를 안쪽으로 밀어 놓는다.

병길네   진구가 사람들 청탁 더러 받아 주는 갑던데… 눈 딱 감고…
노모   누가 그라드노?
병길네   귀 밝은 성님이 못 듣는 것도 있는 갑네. 전신만신 다 아는구만도.
노모   가그라.
병길네   와요. 일거리가 태산이고만도… 손 하나 더 있는 게 수월치…
노모   내일 아침에 밥이나 먹으러 오니라.
병길네   화 푸소. 이자부터 암말도 안 하고 일만 하께요. 뭐부터 하까요?

노모, 대답 대신 병길네를 뚫어지게 본다.

병길네, 노모의 눈빛에 시무룩해져서는…

병길네 마음에 두지 마소. 내 입에서 나오는 말 중에 쓸 말이 몇
개나 되겠는교. 가께요.

병길네, 돌아서는데…

노모 잔치 밥, 먹으러 온나.
병길네 (배시시 웃으며) 예.
노모 올 시간 지나 그란다. (사이) 가는 길에 떡집이나 좀 들
리라.
병길네 쪼매 더 있다 가면 안 되겠지요?

노모, 순경이 들고 온 보따리를 내밀며…

노모 가는 길에 주고…
병길네 예. 갑니다.

병길네, 보따리를 들고 나간다.
노모, 짧은 한숨을 토해내며 털썩 내려앉는다.
동박새, 동백꽃에 날아와 앉는다.

노모 놀러 왔나.

진욱, 정원에서 나와 동백꽃을 바라본다.

노모, 진욱의 곁으로 가 쭈그려 앉는다.

노모   다른 꽃은 나비랑 바람이 씨를 옮기는데 동백은 동박새가 나비고 바람이다. (사이) 바람이 달제? 지난겨울엔 징그렇게도 눈이 내리드만도 봄 오는 거 봐라. 돋는 새순이 지천이다. 풀도 고맙고, 꽃도 고맙고, 나무도 고맙고… 철마다 나보러 오는 게 얼마나 고마운지… 쓸쓸할 새가 없다.

진욱, 노모의 흘러내린 머리를 쓸어 올려준다. 바람처럼…

노모   니 고래고기 좋아 하제? 요즘은 구하기도 귀하다. 많이 묵어라.

동박새가 날아간다.

진욱, 바람처럼 정원으로 사라진다.

노모   내 달이면 볕이 따갑것다. 요즘은 볕이 독해지가… 사람 탓이다만은…

진호   어머니!

언제 왔는지 진호가 대문 앞에 서서 노모를 보고 있다.

노모   언제 왔노?

노모, 곁에 있던 진욱을 잠시 눈으로 찾더니 짧은 한숨을 내쉬
며 일어서려는데 무릎이 아프다.

노모   (무릎을 잡고는) 아이고…

진호, 노모를 부축하며…

진호   누구랑 말해요?

노모, 진호의 부축을 받으며 대청마루로 가며…

노모   들어 줄 사람 없을까 봐. 별걱정을 다 한다.
진호   무릎도 안 좋은 사람이… 음식은 뭐 이렇게 많이 했어요?
노모   묵을 입이 없을까 봐.
진호   병원은 다녀요?
노모   (무릎을 꾹꾹 누르며) 아픈 데는 없제?
진호   봐요. 내가 주물러 줄게.

진호, 노모의 무릎을 주물러 준다.

노모   밥 안 먹었나?

진호	먹어야지.
노모	잘했다. 된장찌개 좋아하제?
진호	먹을 거 많구만…

노모, 언제 아팠는지 일어서며…

노모	일도 아이다.

노모, 부엌으로 가며…

노모	빈속으로 있지 말고 뭐라도 집어 먹어라.

노모, 안쪽에서…

노모	아부지한테 인사부터 드리라.
진호	예.

진호, 방으로 가려는데 휴대전화가 울린다.

진호	왜? (사이) 많이 다쳤데? (사이) 연습 끝나고 네가 가봐. (사이) 연습은 해야지. 내일 올라가서 상태 보고 결정할게. (사이) 다른 배우 찾으면 될 거 아니야. (사이) 그런다고 공연을 안 해? 그래. (사이) 무대 디자이너 미팅은 내일로

116

미뤄. 알았어.

진호, 전화를 끊고 방으로 들어간다.
사이.
문밖에서 들리는 캐빈과 진숙의 다투는 소리가 들린다.

캐빈   Can not sleep here, mom. Gotta stay hotel! Go to hotel, mom, please.[제발 호텔로 가자, 엄마]

진숙   엄마 대답은 똑같아.

캐빈   What the stinky smell!!! I can't stand it! (냄새를 참을 수 없어)

진숙   숨 쉬지 마.

캐빈   You don't look at me. (엄마는 날 보지 않아.)

캐빈, 진숙, 여행 가방을 들고 안으로 들어온다.

진숙   엄마! (캐빈에게) 잘해. 제대로 교육받은 아이처럼… (캐빈의 옷매무새를 고쳐주며) 얌전하게 굴어.

캐빈, 헤드폰을 쓰려고 한다.

진숙   부탁이다.

캐빈, 헤드폰을 벗는다.

노모, 소반에 밥상을 차려 나온다.

노모   (소반을 대청마루에 내려놓으며) 왔나.

진숙   엄마.

진숙, 노모에게 달려가 안긴다.

노모, 진숙을 쓰다듬고 또 쓰다듬으며…

노모   숙이 맞나?

진숙   엄마는 딸도 몰라봐.

노모   내 딸도 늙는구나. 염색이라도 하지.

진숙   엄마는 그대로네. 우리 엄마 여전히 곱네. (캐빈에게) 캐
빈, 인사드려.

캐빈   Hi, Grandma.

노모   어서 오니라, 내 새끼.

진호, 방에서 나온다.

진호   누나.

진숙   진호구나. 오랜만이다.

진숙, 진호와 가볍게 서로 안는다.

캐빈, 진호에게 인사를 한다.

진호   시카고에서 봤을 때보다 많이 컸네.

진숙   애들이야 하루가 다르지.

노모   밥은?

진숙   우린 먹었어.

노모   진호야, 어서 먹어라. 찌개 식겠다. (진숙을 대청마루에 끌어
다 앉히며) 앉아서 한술 떠라.

진호   아버지한테 인사부터 해.

진숙   그래야지.

노모   조금 있다 들어 온나. 그새 볼일 보셨는지도 모른다.

노모, 방 안으로 들어간다.
캐빈, 건넌방에 달린 쪽마루에 걸터앉아 헤드폰을 쓴다.

진숙   (진호에게) 먹어. 난 생각 없어.

진호   어.

진호, 수저를 든다.
된장찌개를 뜨는데 이상하다. 한 입 먹고는 잠시 말을 잃는다.

진숙   엄마 아셔?

진호   …

진숙	말했어?
진호	(사이) 아니.
진숙	말하지 말까 봐.
진호	…

진호, 무겁게 밥을 삼킨다.

그들 사이에 잠시 동안 정적이 흐른다.

노모, 방문을 열고…

노모	들어 오니라.
진숙	… (사이) 캐빈!
캐빈	…

진숙, 캐빈에게 가 헤드폰을 벗긴다.

진숙	할아버지한테 인사드리자.

진숙, 방으로 가면 캐빈도 진숙을 따라 방으로 들어간다.

진호, 맨밥을 삼킨다. 꾸역꾸역 먹고 또 먹는다.

목이 막힌다.

눈물을 흘리지 않으려고 하늘을 본다.

캐빈, 더는 참을 수 없다는 듯 입을 틀어막고 뛰쳐나온다.

진숙도 코를 막고 나온다.

2.

마당 가운데 놓인 평상에 앉아 부침개를 굽고 있는 진숙.
진호와 노모는 옆에서 나물을 다듬고 있다.

진숙   병길이… 바보 병길이… 나랑 나이가 같았지? 착했는
데…

진호   바보니까…

진숙   그래. 바보니까… 학교 가는 길목에 아침마다 서서는 엿
이며 떡이며 많이도 줬었는데… 손톱 밑 새까만 손으
로… 그게 어찌나 싫던지… 더럽다고 바닥에 던지면 그
거 주워 흙 털어 다시 지 입에 넣고… 기억난다. 기억나.

진호   나도 기억난다. 누나 참 못 됐는데…

진숙   (진호에게 눈을 흘기고는 노모에게) 아직 살아있어?

노모   죽기엔 이른 나이지.

진숙   궁금하네. 어떻게 사나.

노모   여 안 산다.

진숙   이사 갔어?

노모   시설에…

진숙   아줌마 좀 편해지셨겠네.

노모　애미가 되도 모르나?

진숙　뭘?

노모　벌써 십 년이다. 때때마다 헛헛해가 밥도 못 넘기고 때 거르기 일쑤다.

진숙　데려오면 될걸…

노모　세월이 인심을 바까 놓은 긴지… 동네서 나가라는데 별 수 있나. 방문 고리에 묶기도 하고, 때리도 보고… 지도 끼고 살라고 별짓 다했다.

진숙　나라면 이사 가겠다.

노모　여도 안 받아 주는데 어데서?

진숙　무슨 일 있었구나?

노모　정신 온전한 것들도 별짓 다 하는 세상인데, 뭘.

진숙　병길이가 학교서 돌아오는 나 잡아 세워, 젖가슴 만지고 도망친 날. 병길이 아줌마 감자 삶아 우리 집 왔었지. 내 운동화 빨고 마당도 쓸고… 나도 싫었어. 엄마가 제일 미웠고… 용서해 달라 우는 병길이 아줌마한테 괜찮다고 그랬잖아. 엄마한테 내 울음소린 안 들렸나 봐.

노모　찌짐 뒤집어라.

진숙　내 딸한테 누가 그럼 난 가만 안 있어.

진호　누난 딸 없잖아.

진숙　나 그때, 죽고 싶었어.

노모　가가 지 정신으로 한 짓이가. (프라이팬에 연기가 올라온다)

탄다.

진숙   엄마야. 아 뜨거.

노모, 진숙의 뒤집개를 빼앗아 부침개를 뒤집는다.
노모, 불을 줄이며…

노모   급할 때만 지 애미 찾지.

진호   진리네.

진호와 진숙, 픽 웃음이 새어 나온다.

노모   노릇노릇 맛나게… 이거 하나 못하나. 시집 간 지가 언젠
데…

진숙   우리 이런 거 안 해 먹고 살거든… (부침개를 하나 집어 먹
으며) 맛나다. 엄마, 동치미 없어?

노모   봄에 무슨… 나박김치 담아 놨다.

진숙   난 동치미가 좋은데…

노모   있다.

노모, 일어서 부엌으로 간다.

진숙   (부침개를 먹으며) 우리 어릴 땐 동네에 바보 많았는데…
순이 언니, 그 언니 참 착했다. (사이) 바보라서 착했나…

진호   코까지 먹은 건 심했어.

진숙   냄새 역한 건 사실이잖아. 비행기에서 내려 공항 들어서
       는데 공기가 다르더라. 속 불편해지기 시작하는데… 오
       는 길은 또 어떻고. 똥 냄새, 짐승 냄새… 울렁거려 머리
       까지 아파. 바다는 왜 그리 비린지…

진호   유별나다. 여기서 나고 자랐어, 누나.

진숙   안에 것 쏟아 내는 거보다는 낫잖아.

진호   그래도 몇 년 만에 보는 아버진데…

진숙   그래, 17년. 캐빈이 배 속에 있을 때니까. 그게 뭐?

진호   아픈 아버지 보면 마음이 쓰리고 아린 게 먼저지. 자식이
       잖아.

진숙   눈물 나. 속상해. 그래도 어떡해. 몸이 그렇게 반응하는걸.

진호   별난 데 살다 왔어?

진숙   거긴 공기도 다르고 물도 달라.

진호   이 나라서 산 게 30년이야. 그 나라서 산 건 여기 반이고.

진숙   오랜만에 만난 누나, 반갑지도 않니? 신경 박박 긁어대
       게…

노모, 동치미를 들고 나와 진숙에게 건네며…

노모   사내가 뭐 그리 말이 기노?

진호   몇 마디 안 했어요.

진숙, 동치미를 시원하게 들이켠다.

진숙   아, 살 거 같다. 맛 제대로다, 엄마. 거기서도 가끔 생각나서 만들어 봤는데 이 맛이 안나.

노모   땅도 물도 다른데 다르겠지.

진숙   그러게 다르더라고…

노모   (진호에게) 암만 말 시키도 겨우 '네' 대답 한마디 하던 녀석이…

진호   배우들 연습시키다 보면 연출이 많이 떠들게 돼요.

노모   사내자식 할 짓은 못 되는 갑다.

진숙   (큭, 웃음을 터트린다) 우리 엄마, 그대로다. 하나 안 변했네. 정 털어내듯 툭툭 끊어 먹는 말투… 아버지 맨날 그랬잖아. 엄마더러 살갑지 않다고…

노모   늙은 애미, 놀리니 재미지나?

진숙   (웃으며) 그 사람 와서 엄마 봤으면, 나보고 엄마 그대로 빼다 박았다 할 거 같아서. 내 말투가 그렇데. 정 털어낸대. 어릴 땐 참 싫었는데… 엄마가 나 미워서 저러나 했거든. 엄마한테 배웠나? 식성처럼 뱃속에 박혔나 봐. 엄마 딸, 엄마 닮았다.

진호   말도 참… 딸이 엄마 닮지, 옆집 아줌마를 닮을까? 그럼 문제 복잡해지지.

진숙   순이 언니 시집갔어? 어릴 때 그 언니가 엄마보다 더 많이 업어줬는데…

노모	…
진숙	하긴 나이가 뭣인데… 애도 있겠다.
노모	죽었다.

그들 사이에 잠시 시간이 흐른다.
떨어져 지내 온 시간 사이를 흘러간 사람들을 기억하는…
진숙, 동치미를 쭉 들이켜고는…

진숙	고구마 쪄서 김치 올려 먹고 싶다.
노모	기다리라.
진호	먹을 거 많잖아.
노모	금세 쪄진다.

노모, 부엌으로 들어간다.
진숙, 손끝으로 눈물을 닦아낸다.

진호	울어?

사이.

진호	무슨 의미야?
진숙	너, 예술 하는 사람 맞니?
진호	그 질문은 또 뭐야?

진숙   말하지 않아도 헤아려 줄 수 없냐는 뜻이다.

진호   그건 점쟁이가 맞추는 거지.

진숙   이혼한 거 말해야겠지?

사이.

진호   하지 마라.

진숙   …

진호   엄마가 된장찌개를 끓였는데… 된장을 안 넣었어.

진숙   …

진호   아무래도…

진숙   아닐 거야.

긴 사이.

진숙   그래서 우리 불렀나. (사이) 그거지?

진호   …

진숙   우리 엄마 어쩌니…

진구가 마당으로 들어선다. 호기 있게…

진구   어머니, 큰아들 왔습니다.

진호   …

진숙 …

진구 일찍들 왔구나.

그들 사이의 흐르는 침묵과 함께 해가 진다.

3.

평상에 술상을 두고 둘러앉은 진구, 진호, 진숙.

진구　밥은 먹고 사냐?

진호　예술이 어렵지 않았던 시절이 있었나.

진숙　많이 힘들어?

진호　새삼스러울 거 없어. IMF 때도 별다른 거 없었으니까. 항상 IMF거든.

진구　요즘 영화 보지 연극을 누가 봐.

진숙　언제 공연이랬지? 지금 연습하는 거.

진호　다음 달…

진숙　처음이다. 네가 연출한 건…

진구　(말을 자르며) 능력 안 되면 다른 길 찾아. 벌써 몇 년째냐?

진호　…

진숙　입센 작품 좋아했는데… 예전 얘기다만… '인형의 집' 그거 보고 울었다, 나. 그런 시절도 있었는데… (사이) 무슨 내용이야?

진호　그냥…

진구　만드는 놈이 무슨 말을 하는지도 모르는데 누가 들으러 오겠어.

진호   이 시대 청춘들…

진구   이 시대의 청춘은 무슨 말을 하는데? 5.18, 민주화… 아직도 그런 말 하는 청춘이 있냐?

진호   내가 연극 시작할 땐 했었지. 무대의 청춘마다… 요즘은 아니야.

진숙   청춘… 우린 그때 무슨 말을 했지?

사이.

진구   우리 땐 그래도 낭만이 있었는데… 이젠 다 죽었어.

진숙   그렇게 잊히는 건가…

진호   듣는 사람이 없으니까.

사이.

진숙   네 무대에선 청춘들이 무슨 말을 할 거니?

진호   정의에 대해서…

진숙   그때 우리도 정의를 말했어. 그 시대의 정의가 민주화였던 거지.

진호   이 시대는 군부독재와 싸우지 않으니까. 자유의 자리에 경제가 차지한 지 오래지. 취업, 등록금, 가족, 외로움, 인터넷… 빈곤…

진숙   청춘은 여전히 불안하구나.

사이.

진구   네가 생각하는 정의는 뭐냐?
진호   …
진구   질문을 조금 구체적으로 바꿔 볼까? 예술가라는 명분으
       로 가난을 훈장처럼 떠벌리는 너, 장진호가 생각하는 이
       시대의 정의가 뭐냐고?

진호, 짧게 웃고는 술잔을 비운다.

진숙   멋지다.
진구   뭐가? 말이 좋아 예술이지. 최저 생계비도 못 벌고 있는
       데…
진숙   난 이 땅을 떠나면서 인간을 내려 놨거든. 그런데 진호는
       아직도 인간을 붙잡고 있잖아.
진구   호기야.
진숙   오빠가 생각하는 정의는 뭐냐?
진구   돈. 이 시대의 정의는 돈이야. 도덕이 좀 부족하면 어떠
       냐. 능력이 있어야지. 힘이 있어야 지키고 싶은 것도 지
       키고, 책임질 거 있으면…

노모, 과일을 들고 나오며…

노모　　딸기가 달다.

진숙　　썩었어.

노모　　와? (딸기를 먹어 보고는) 싱겁나… 사과 깎아 주까?

노모, 평상에 앉아 과일을 깎는다.

진호　　달아요.

노모　　묵지도 않고는 맛을 우에 아노. (진숙에게) 아도 나오라
　　　　해라.

진숙　　뒤.

노모, 소리 높여 캐빈을 부른다.

노모　　나와서 과일 무라.

방에 있는 캐빈, 대답이 없다.

진숙　　캐빈! 캐빈!

캐빈　　…

진숙　　생각 없나 봐.

진구　　매제랑 같이 오지. 이럴 때 아니면 언제 얼굴 보겠냐.

진숙	…
노모	니는? 와 혼자고.
진구	엄마가 정치를 몰라서 그래. 요즘은 그 사람이 더 바빠요. 인사 다녀야지, 행사 있으면 얼굴 내밀어야지.
노모	…
진구	날 풀렸으니까 공사 시작합시다.
노모	일없다, 안 했나. 입 아프다 그만 물어라.
진구	싹 밀고 다시 올려요. 최신식으로다.
노모	네 아부지가 손수 지은 기다.
진구	자식들 욕먹는다니까…
노모	건드릴 생각 마라.
진숙	낡긴 했다, 엄마.
노모	니들은 자격 없다.
진구	어머니…
노모	이 집은 내 인생이고, 내 시간이고, 내 손때다. 마당에 풀이며 꽃이며… 니들보다 자들이 내하고 더 많이 살았다.
진구	엄마 고집 때문에…

'으악~' 비명을 지르며 방에서 뛰쳐나오는 캐빈.

노모	와? 와 그라노?
캐빈	Spider! There's a spider in this room. Shit!
노모	자, 뭐라노?

진숙   방에 거미가 있나봐.

노모   죽이지 말지. 밖으로 내보냈나.

캐빈   Let's go home, mom! Why should I stay here? [I] Wanna go back to Chicago!! (집에 가자, 엄마. 내가 왜 여기 있어야만 해? 시카고로 돌아가고 싶어!)

진숙   다시 말해줘? 우리가 있을 곳은 여기야. 네가 원하든 원 하지 않든…

노모   괜찮다. 거미는 이로운 벌레다.

캐빈   Can not take the smell anymore. (더는 냄새를 참을 수 가 없어.)

진숙   참아. 이유 없어, 무조건.

캐빈   …

진숙   너한테 한 번도 가르쳐 준 적이 없었지. 이제부턴 가르칠 거야. 참는 거.

진호   캐빈한테는 적응하기 쉽지 않은 환경이지. 나도 그런 데 뭘.

진숙   너 우리나라 말 쓰랬지.

캐빈   I'm talking my language. It's the language used by mom country. (나는 내 나라 말을 쓰고 있어. 엄마가 쓰라는 건 엄마 나라 말이지.)

진구   엄마한테 그런 식으로 말하면 안 되지.

진호   잠깐만… 우리 대화를 바꿔보자. 응?

모두, 말이 없다.

진호   캐빈, 곧 대학생 되지? 무슨 공부 할 거야? 응? What study do you like? your dream? (좋아하는 공부가 뭐야? 너의 꿈은…?)

캐빈   Ask mom.

캐빈, 밖으로 나간다.
진호, 쫓아가려 하면…

진숙   뭐.

진호   …

진숙   음악 한다는 거 막았더니 저러는 거야.

진구   애들 교육을 어떻게 하는 거야, 너? 매제도 저런 꼴을 보고만 있어?

진숙   심술부리라 그래. 반항도 받아 줄 수 있어. 그래서 음악만 안 한다면…

사이.

진호   가볼게. 무슨 일 생기면… 길도 모르는데…

진숙   그러니까. 그러니까 두라고… 그 나라였으면 따라 나가 붙잡았지. 하지만, 여기선 지가 어딜 가겠어. 말이 통해,

길을 알아, 찾아갈 사람이 있어. 아무것도 없는데…

진호 …

진숙 저도 저 정도는 해야 숨을 쉴 거 아니야.

진숙, 술잔을 비운다. 또, 따르고 비운다.

진숙 엄마가 알아야 할 게 있는데…

노모 할 거 없다.

진숙 두 번은 묻지 마. 다들 있는 데서 한 번으로 끝내자.

노모 됐다.

진숙 사실은…

노모 (말을 끊으며) 말을 한다고 알고, 안 한다고 모르겠나.

진숙 엄마…

노모 울 거 없다. 부부가 살 섞고 살다가 마음이 다되면 남으로 지내는 기지.

진숙 미안해. 미안해.

노모 니는 내 안 닮았다. 니 아부지 빼다 박았다. 니 아부지, 남한테 싫은 소리 못 듣고, 법이 하라는 대로 그대로 사는 사람 아이가. 다른 사람은 몰라도 내는 안다. 니는 절대 잘못할 아가 아이다. 에미 말, 단디 들어라.

진숙 …

노모 누구한테고 고개 숙이지 마라. 버릇된다.

방안에서 들려오는 둔탁한 소리.

노모   갑니다.

진숙   내가 할게.

노모   딸내미한테 아랫도리 보여주고 싶겠나. 몸이 말을 안 들
         어 그렇지, 정신은 내보다 총명하다.

진호   내가 해요.

노모   됐다. 익숙한 손이 낫지.

노모, 방으로 들어간다.

말없이 술잔을 내려다보는 그들 사이에 밤바람이 분다.

아직은 찬, 밤바람이…

진숙   아버지, 병원으로 모셔야지 않아.

진구   엄마가 그러겠데?

진숙   말은 넣어봤어? 엄마 나이가 몇인 줄 알아?

진구   몇 년 만에 집에 와서는… 그렇게 엄마가 걱정되면 끝까
         지 잘 살던가.

진호   형!

진숙   놔둬. 그래야 큰오빠답지.

진구   나도 최선을 다하고 있어.

진숙   오빠는 점점 형편없어진다.

진구   너보단 제대로 살고 있어.

진숙	문제가 그거구나. 제대로 살고 있다고 생각하는 거. 그래도 내가 떠날 땐, 이 정도는 아니었는데…
진호	누나 술 많이 했다.
진구	서로 오랜만에 만났는데 좋은 얼굴로, 좋은 말만 해도 되잖아.
진호	형은?
진구	…
진호	가난한 예술가에게 아첨 떠는 인간이 있어야지. 그러니 비위 맞추는 말을 모를 수밖에. 형은 많이 아나 해서…
진구	내 말이 그렇게 거슬렸어? 너도 네 앞가림 할 나이 지났어. 장가가야 될 거 아니야. 너 생각하는 마음에, 돈 벌라는 게 그렇게 고깝든?
진호	…
진구	버릇없는 조카도 그냥 보고만 있어야 해? 부모님한테 새집 지어드리겠다는 게 뭐가 잘못 됐어?
진숙	오빠 선거 치를 때마다 배 한 척씩 팔았지? 그나마 이번엔 당선이라도 됐지만…
진구	다음번엔 국회야. 당에서도 나를 보는 게 달라졌어.
진호	그들이 모임에 형을 끼워 주나 보지, 이젠.
진구	유치한 자식. 적을 대할 때 절대 네 표정을 들키는 게 아니야. 더구나 그 적이 너보다 강할 땐…
진호	형한텐 형제도 적이야?
진구	네가. 네가 날 그렇게 대하잖아.

진호	…
진구	너 없이도 난 이겼어. 다음 선거에서도 난 이길 거야.
진호	…
진구	그래도… 넌 날 도왔어야 해.
진호	형을 따를 수 없어. 형이 약속하는 세상에 편들어 줄 수 없어. 다리 하나 더 만들고 물막이 공사나 하는 게… 아파트나 짓겠다고 산을 깎아대는 게… 고작 그게 이상적인 나라야?
진구	사람들이 원해. 먹고 사는 걸 해결해 주길 원한다고…
진호	사람들은 형을 뽑은 게 아니야. 아버지가, 어머니가 여기서 뿌리 내리고 산 대가를 받아먹은 거지.
진구	…
진호	형은 나 하나도 설득 못 했어. 형이 내건 공약은 모두 쓰레기야. 웬 줄 알아? 형이 약속한 세상엔 사람이 없으니까.

진호, 돌아서려는데…

진구	진짜 하고 싶은 말을 해.

진호, 다시 와 진구를 마주하고 선다.
진호, 무슨 말인가 하려다 주먹으로 입을 틀어막으며 터져 나올 그 말을 삼키고 돌아선다.

진구, 진호를 막아서며…

진구　말해.

진호　…

진구　지금 안 할 거면 영원히 하지 마.

진호　…

진구　영원히…

진숙　진욱이…

사이.

진숙　진욱이가 그렇게 죽지 않았다면…

진구　그게 내 탓이란 거야?

진숙　진욱이 죽음으로 오빠의 정치 인생을 샀잖아. 아니야?

진구　세상을 가르쳐 주고 싶었다. 어떻게 사는 게 제대로 사는 건지… 그 시절 최루탄 가스 안 맡은 놈이 있었냐? 다들, 그땐 다들…

진호　(말을 가로채며) 아무것도 할 수 없는 절망감은 가르치지 말았어야지. 보여주지 말았어야지. 진욱이 형이 살고 싶어 한 방법도 죄는 아니잖아.

사이.

140

진숙   진욱인 오빠가 죽었어.

진구, 몸이 무너진다.
힘이 빠져버린 몸으로 평상에 걸터앉는다.
그들 사이에 정적이 흐른다.

진구   최고의 거래였지.

진구, 물을 먹은 솜처럼 무거워진 몸을 일으킨다.

진호   어디 가?
진구   술 좀 깨게… (사이) 캐빈도 찾고…
진호   괜찮아?

진구, 잠시 멈춰 선다.

진구   바지에 오줌 싼 기분이다.

진구, 밖으로 나간다.
진숙, 평상에 눕는다.
고요하다.

진숙   엄마… 울었지?

진호   …

진숙   아까 방으로 들어가는데… 못 보겠더라.

진호   어깨만… 어깨만 조금…

사이.

진호   왜 그랬어?

진숙   …

사이.

진숙   별이 많이 줄었다. 어릴 땐, 밤새 세어도 다 못 셌는데…

진호   아버지 따라 바다 나가고 싶어서 배에 숨어들었다. 누나 기억나? 열 살이었나… 그때가. 어둠이 깊어 아무것도 보이지 않는데 별만 보이더라. 와, 진짜 무섭더라. 그때 처음으로 파도 소리가 무섭다는 생각했다니까. 내 몸을 다 부숴 버릴 거 같았어.

진숙   엄마가 너만 없으면 우리 집에 걱정거리가 없다고 했 잖아.

진호   기억하는구나.

진숙   추억이라는 게 시간이 준 선물인데… 잊기엔 아깝지.

진호   좋은 것 좀 기억하지.

사이.

진호   아버지도 바다가 무서웠을까?

사이.

진숙   아버지도 엄마도 여긴 떠나지 못할 거야.
진호   …
진숙   진욱이가 바다에 있는 한…

사이.

진호   캐빈… 진욱이 형 때문이야?
진숙   인생이 나한테 뭘 가르친 건지… 모르겠다.
진호   하늘의 뜻이지. 진욱이 형을 데려가고 우리를 살려 둔 건
            다 이유가 있어서일 거야.

침묵이 흐른다.
진숙, 일어나 앉는다.

진숙   춥다.
진호   바닷바람이라… 따듯한 바람이 불려면 좀 더 있어야지.
            아직 동백꽃도 안 졌는데…

진숙   머리가 아프다.

        진숙, 건넛방으로 들어간다.
        진호, 평상에 누워 하늘을 본다.

진호   나는 나의 힘과 삶
        친구와 기쁨을 잃었다.
        나는 나를 천재로 믿게 했던 자존심마저 잃었다.

        진리를 알았을 때는
        그것이 친구라고 믿었었다.
        하지만 진리를 이해하고 느꼈을 때는
        나는 이미 역겨움을 느꼈다.

        그러나 진리는 영원한 것
        진리를 모르고 지내는 사람은
        이 세상에 대해 아무것도 모른다.

        신은 말한다.
        인간은 신에 대답해야 한다고…

        이 세상에서 나에게 남은 유일한 진실은
        내가 가끔 울었다는 것이다.

(알프레드 드 뮈세 – 슬픔)

진호, 눈을 감는다.

잠시 그렇게 시간이 흐르고…

노모가 방에서 나온다.

노모   (진호에게 다가가) 안에 들어가 자라. 몸에 찬바람 든다.

진호, 무릎으로 파고든다.

노모   차다. 안에 가 눕자.

진호   나 누구야?

노모   내 새끼지.

진호   내 이름이 뭐냐고?

노모   장진호. 우리 집 막내…

진호   잊으면 안 돼. 수만 번 외워서라도 꼭 기억해.

노모, 진호의 등을 쓸어 준다.

진호, 노모의 무릎을 베고 누워서 힘을 주어 끌어안는다.

노모   나랏일은 하늘에 명이 있어야 한다더라. 하게 돼라.

진호   …

노모   형이 아무리 못나도 동생이 형을 가르치면 못쓴다.

진호   …

노모   너무 몰아세우지 마라.

진호   …

노모   네 형 아이가.

진호   …

진욱, 바람을 타고 와 대청마루에 앉는다.

노모   박새야. 동박새야. 니는 언제 잘래?

멀리서 파도 소리가 들린다.

4.

평상엔 술상이 치워져 있다.

빈 마당으로 진구가 들어선다.

진구, 비틀거리며 대청마루로 간다.

진구 아버지! 저랑 한잔해요.

진호, 마당에 있는 작은방에서 나온다.

진구 이깟 술이 무서우세요? 바다도 안 무서워하셨잖아요?
(사이) 아버지. 안 주무시죠? 나와 보세요.

진호, 방에서 나온다.

진구 진욱이 제가 죽인 거 아니잖아요. 왜, 모두 나한테만⋯
나한테만⋯

진호 그만해.

진구 왜 아무 말도 없으세요? 뭐든 좋으니까⋯ 제발⋯ 무슨
말이든 하세요.

진호 늦었어.

진구 (시계를 보며) 열 시 조금 넘었는데…

진호 들어가자.

진구 서울서 데모하다가 도망치듯 내려왔거든. 집에 숨어 있는데 아침에 경찰이 들이닥친 거야. 날 잡으러 왔어. 누가 날 신고했는지 알려 줄까?

진호 취했다.

진구 아버지.

사이.

진구 아버진 조금도 흔들림이 없이 이렇게 말씀하셨어. 죄를 지었으면 벌을 받아야 한다. 그게 아버지의 원칙이셨지.

진호 …

진구 맞죠? 아버지. 아버지가 그러셨잖아요. 나라님을 원망할 수는 있어도 법은 지켜야 한다. 그게 나라를 지키는 거다. 그게 백성의 도리다. 그땐 원망 많이 했습니다. 자식보다 썩어빠진 나라를 더 걱정하는 아버지가 미웠단 말입니다. 그런데 제가 지금 그래요. 이 땅을 밟고 사는 국민이 있는 한 나는 이 나라는 지킬 겁니다. 아버지 아들이 할 거라고요. 해내겠습니다. 해낼 거라고요… (사이)

진구 자랑스러우시죠? 자랑스러우시죠…

진호 냉수 줄까?

진구   (진호를 보며) 그게 내 정의다. 내가 하고 싶은 정치야.

방안에서 노모의 소리가 들린다.

노모   (방안에서) 찬장에 꿀 있다. 타서 줘라.

진호   예.

진호, 부엌으로 들어가 물을 가지고 나온다.

진호   어디서 이렇게 마셨어?

진구   술 마실 때 없을까 봐.

진구, 진호에게 받아 든 물을 단숨에 들이켠다.

진구   나를 찾아오는 사람들은 두 가지의 부류가 있다. 부탁 아니면 속임수. 사람을 만날 땐 그자가 나를 왜 찾아왔는지부터 파악해야 해. 그게 안 되면 만나질 말아.

진호   …

진구   정치에 내 청춘 이십 년을 바치고 배운 거다. 넌 내 동생이니까, 특별히 가르쳐 주는 거야. 아내는 옷과 같고 형제는 수족과 같으니까.

진호   방으로 들어가자.

진구   적과 싸우려면 스스로 강해지는 게 중요해. 감탄할 건 없어. 이건 내 말이 아니야. 아버지가 가르쳐 준 거니까. 무너져버린 우리 아버지가…

진호 내일 얘기해.

진구 목표를 이루는 놈은 따로 있어. 세상 손가락질도 버틸 수 있는 놈. 어차피 인간은 욕 듣고, 욕하게 되어 있어. 양심? 개나 줘버려.

진호 맑은 정신으로 다시 얘기해.

진구 맑은 정신… 어떻게?

진호 …

진구 어떻게… 내 집에 있어도 고개를 들 수가 없는데…

진숙이 외투를 걸치고 방에서 나온다.

진호 자는 거 아니었어?

진숙 캐빈이 안 들어왔어.

진구 등대 있는데 가봐라. 같이 가자니까 혼자 있고 싶다더라.

진호 혼자 괜찮겠어?

진숙 지금은 그러는 게 좋겠다.

진구 과거 속에 사는 건 고통밖에 안 돼.

나가는 진숙의 뒤에 대고…

진구 흔들리고 싶지 않았다. 그래서 물러날 수도 없었어. 그러면 지는 거니까.

진숙, 나간다.

진구 갔었다. 제라도 올릴까 하고… 갔는데 거기가 내 동생이 죽었던 곳인지 어떤 흔적도 없었어.

진호 사람 명이란 게 태어날 때 죽을 날도 받아드는 거야. 영원히 살 거 같지만 우린 죽어. 그날이 얼마 안 남았을 거야.

진구 정말 이렇게 하면 내가 바랬고, 내 친구들이 쓰러져간 청춘들이 바랬던 나라가 만들어질까…

진호 뜻을 저버리지 않길 바랄 뿐일 거야.

진구 우린 믿었다. 그 시절 믿지 않은 사람이 없었지.

진호 의심이 가면 하지를 말고 했으면 믿어야지.

진구 너는 나를 믿냐?

진호 …

진구 이렇게 될 줄 알았어. 너무 오만했으니까.

진호 나는 미쳐 본 적이 없어. 그래서 위대한 작품을 만들지 못했는지도 몰라. 만약에 세상의 종말이 와서 살아남을 수 있는 티켓이 나한테 주어진다면 기꺼이 형한테 줄게. 이 나라를 위해서… 형은 그럴 자격 있어.

진구, 뜨거움을 삼키며 진호의 어깨를 꽉 움켜쥔다.

그리고 형제는 한참을 아무 말도 없었다.
진구, 비틀거리며 일어선다.

진구 나는 이길 거다. 역사에 남을 거야.

진구, 방으로 들어가며…

진구 나는 이겼어. (사이) 나는… 이길… 나는…

진구가 방으로 들어간다.
진구의 흐느낌이 가늘게 들린다.
방안에서 노모의 목소리가 들린다.

노모 자라.

진호 누나 오면요. 주무세요.

깊은 한숨을 내쉬며 마른세수를 하는 진호.
마당에 있는 방으로 들어간다.
빈 마당으로 진욱이 걸어 나온다.
진호의 방안에서 기타 소리가 들린다.
부활의 '슬픈 사슴'이다.

진호 (노래) 슬픈 사슴이 당신과 꼭 닮았어

웃는 모습이 꼭 슬퍼

작은 새를 당신은 좋아했지만

당신은 새가 될 수 없어

당신은 환히 웃어도

귀여운 새는 아니에요

그저 웃어버리는 슬픈 사슴, 사슴 같아요.

그저 웃어버리는 슬픈 사슴, 사슴 같아요.

깊은 꿈속에 당신을 난 만났지

우는 모습에 내가 슬퍼

무언가를 나에게 원하였지만

알아들을 수가 없어

나를 원망하는 듯 가만히 보고 있었거든

이제 나는 당신을 정말 도울 수가 없어

이제 나는 당신을 정말 도울 수가 없어

이제 나는 당신을 정말 도울 수가 없어

진욱이 바람을 타고 나간다.

캐빈이 마치 노래에 이끌리듯 들어와 진호의 방 앞에 선다.

진호, 방문을 열며…

진호   누나야?

진호, 손에는 기타를 들었다.

진호   엄마 못 만났어?

캐빈   The song was great. (노래 좋았어요.)

진호   (방에서 나오며) 칠 줄 아니?

캐빈, 진호에게서 기타를 받아들고 평상에 앉아 연주한다.

캐빈 곁에 앉는 진호, 담배를 꺼내 핀다.

진호   엄마를 이해해라. 힘든 건 알지만…

캐빈   She doesn't look at me. She doesn't hear me. (나를
      보지도 않아요. 내 말을 듣지도 않아요.)

진호   화가 나서 그래.

캐빈   Same as me. (나도 그래요.)

진호   태어난 나라에서 30년도 못 채우고 떠났어.

캐빈   It's her choice. (선택했잖아요)

진호   형이 한 명 더 있었어. 이 기타의 주인이기도 하지. 너처
      럼 음악을 하고 싶어 했다.

캐빈   Who? Why not here? (누구요? 왜 여기 없어요?)

진호   죽었으니까.

사이.

진호   그땐 그랬어. 음악을 꿈꾸는 게 죄인 취급받던 시절이었
      지. 누구도 형이 노래하게 두지 않았어. 가족조차…

캐빈   Why?

진호   그 시절 대학생들은 독재 타도를 외치며 거리에서 최루
탄과 싸워야 했어. 그게 정의였지. 다른 건 없어. 친구들
도 큰형도 비겁한 배신자라고 불렀고… 우리 아버지…
당연히 못 하게 했지. 아버지 꿈은 형을 검사로 만드는
거였어. 우리 집에서 공부를 제일 잘했거든.

캐빈   I can't get it. I don't know any history things… (이
해 안 돼. 역사적인 거 몰라)

진호   음악을 버릴 순 없었나 봐. 같이 갔어, 바다로… 기타만
남기고…

캐빈   …

진호   선택이란 게 허락되지 않은 시절을 산 거야. 용서하기
엔 눈물이 너무 많았던 시절이지. 누나… 그러니까 네 엄
마… 무서운 거야. 음악이 널 데리고 갈까 봐.

캐빈   I don't wanna die. (난 죽지 않을 거야)

사이.

캐빈   아파요. 엄마를 자꾸 미워하게 돼서…

진호   기다려 줘.

캐빈   아빠가 떠났어요. 다른 여자랑… 나도 슬퍼요. 나는 음악
이 있어야 돼요. 내 길을 가고 싶어요.

진호   가게 될 거야. 나도 그랬으니까. 어차피 두 갈래 길은 한

길이 될 수 없어. 그저 각자의 길을 걸어갈 뿐이지.

캐빈 …

진호 대신, 미쳐라. 미치지 않을 거면 시작도 하지 마. 나처럼 된다. 제대로 된 작품이 없어. 제대로 미치질 못해서 그래. 타협하면서 비겁하게 비위나 맞추고… 너는 그러지 마라. 도망치지 마. 남겨진 사람들한테 너무 큰 형벌이다.

진호, 방으로 들어가려다 말고…

진호 지금처럼 가끔은 한국말 써. 네 할머니도 네 말을 이해하고 싶을 거다.

캐빈 네.

진호 우리말이 얼마나 멋진 말인지 알게 되면 네 미국 친구들도 우리말을 다 배울걸…

진호, 방으로 들어간다.
캐빈, 기타를 치며 노래를 부른다.
Bob Dylan의 'Knockin' On Heaven's Door'
진숙, 마당으로 들어선다.
캐빈을 손을 뻗어 잡으려다 손을 거둔다. 대청마루로 가서 기둥에 기대고 앉는다.
인간은 바다를 바라만 볼 수밖에 없다.

진숙, 그 심정으로 눈을 감고 아들의 노래를 듣는다.

조용히 방문을 열고 나오는 노모, 딸의 곁에 쪼그리고 앉는다.

노모의 눈엔 바다로 걸어 들어가는 진욱이 보인다.

5.

대문 앞에 조등이 걸려 있다.
병길네, 뛰어 들어온다.

병길네   성님, 이게 무신 일인교? 예… 이 집에 사람 없나? 다들
          나와 봐라.

각자의 방에서 나오는 진구, 진숙, 진호, 캐빈…

병길네   성님 어디 계시노?
진숙   무슨 일이세요?
병길네   대문 밖에 조등이 걸렸다.

다들, 무슨 뜻인지 몰라 서로를 본다.

병길네   이 집에… 초상났단 말이다.
진호   엄마! 엄마!

진구, 안방 문을 열어 보고는 털썩 주저앉는다.

그 모습에 진호도 진숙이도 안방 문을 열어 본다.

진숙 아부지…

병길네, 방으로 가서 본다.

병길네 네 아부지… 와 머리까지 이불을 덮었노?

진숙, 방으로 뛰어 들어간다.

병길네 수의까지 갈아입었네…

부엌에서 노모, 나온다.

노모 일어들 났나?
진구 어머니…
병길네 성님…
노모 왔나. 밥 묵어라.
진호 지금 밥이 문제에요?
병길네 성님, 와 이라는데…?
노모 니 아부지가 허투루 살지는 않아가 손님이 많을 기다.

병길네, 털썩 주저앉는다.

병길네 화는 좋은 옷을 입고 오고, 복은 눈물 속에 숨어있다 하
드만… 성님이 준비한 잔칫상으로 장례 치러야 하네.

순경, 마당으로 들어선다.

순경 밤새 뭔 일 있었습니꺼? 밖에…

노모 잘 왔다. 내 좀 데리고 가라.

순경 예?

노모 내가 죄를 짓거든…

순경 무슨 말씀이신지…

노모 야들 아부지, 내 손으로 보냈다. 잡아가라.

병길네 독하다. 독해도 이래 독할 수가 있나. (노모의 옷자락을 잡
고) 성님, 이건 아이다.

노모 병길아, 네는 알제. 우리 집 양반 얼마나 깔끔했는지. 대
쪽 같은 양반이 저래 허망하게 쓰러져가 똥오줌 받아 낼
줄 누가 알았겠노. 사는 게 끔찍하다는데 우짜노. 내 미
련으로 못 놔줬다. 벌시로 가겠다는 거 잡고 안 놔줬다.
근데… 더는 못 보겠다. 마음이 부대끼가… 저 양반 내
손 아니면 누가 거두노.

병길네 약한 소리 마소. 우리 성님이 누군데… 하늘은 무너지
도 성님은 무너질 리가 없다. 진욱이 보내고도 잘 버티드
만…

노모, 병길네를 애틋하게 만지고 또 만져 준다.

노모　　내 정신이 자꾸 나갔다 온다. 언젠가는 안 돌아오지 싶
　　　　다. 네 니는 꼭 기억하고 잡은데…

병길네　성님…

병길네, 노모의 머리를 쓸어주며…

병길네　내가 성님을 알아 볼긴데 뭐가 문제라…

노모, 미소를 담고 고개를 끄덕여 준다.

노모　　고맙다.

노모, 일어서며…

노모　　가자.

진숙　　우리더러 어쩌라고?

노모　　내가 네 선생이가?

진숙　　가르쳐 줘야지. 가르쳐 주고 가. 가르쳐 달라고…

노모　　내는 네 에미다. 살점 떼달라믄 떼주는 네 에미다.

진숙　　엄마…

노모　　네도 그랄 거 아이가.

진숙　엄마…

진호　왜요? 다른 방법을 찾던지, 다른 날 잡던지…

사이.

노모　온 김에… 두 번 걸음 말라고…

노모, 일어서 옷매무시를 단정히 한다.

노모　(순경에게) 갑시다. 나랏일 하는 사람 붙잡고 말 길어, 지
　　　는 거 아이다. (손 내밀며) 채우소.

순경　어르신…

노모　앞장서라.

순경　…

노모, 앞장서 나간다.
순경, 따라 나간다.

진숙　오빠, 뭐해? 뭐라도 해야 할 거 아니야? 길을 막던지, 잡
　　　아끌던지.

진구, 터져 나오려는 눈물을 삼키며 무릎을 꿇는다.

| 병길네 | 곡해라. 곡해라. 네 아부지 가시는 길에도 곡하고… 네 어무이 가는 길에도 곡해라. 용서하라고… 용서해 달라 빌어라. |
| 진구 | 아이고… 아이고… |

진구의 곡소리 점점 높아진다.

| 진숙 | 우리 엄마 못 보내. 우리 엄만 안 보내. 엄마… 엄마… |

진숙, 쫓아 나가려는데…
캐빈이 진숙을 뒤에서 끌어안는다.

캐빈	엄마…
진숙	엄마가… (가슴을 치며) 엄마가…
병길네	그래가 들리겠나.

진구, 창지가 끊어지는 비통함으로…

| 진구 | 아이고… 아이고… |
| 병길네 | 사람들 불러라. 성님이 만든 음식 나눠 묵게… 사람들 불러라. |

병길네, 주저앉아 땅을 치고 가슴을 뜯으며 운다.

마당의 동백꽃이 툭! 땅 위로 진다.

진호 동백꽃아! 네가 떨어지니까 땅이 붉구나. 피가 땅으로 스민다.

동백꽃이 진다.
개나리와 진달래가 봉오리를 터트린다.
봄이다.
막 내린다.

無題의 시대

등장인물

비형량

하나 : '삼국유사' 〈기이편〉에 등장하는 인물로 귀신과 인간
이 접하여 잉태한 인물이다. 신라 진평왕 때의 관리다.

둘 : 21세기의 인물로 현실 세계와 가상의 세계로 대변되며
어디에도 소속 되지 못한 채 경계인으로 사는 현대인을 상징
하는 인물이다.

비형량은 경계인이다. 둘은 현실과 비현실을 실제와 가상의 세
계를 현재와 과거를 실제와 미디어 속을 넘나드는 존재다.

해(진평왕) / 불 / 물 / 나무 / 금 / 흙 / 달 / ID:001

무대

익명의 시대를 상징하기 위해 마네킹이 무대 곳곳에 서 있다.
시대가 강요하는 똑같은 얼굴, 자아를 상실한 잃어버린 얼굴, 왜
곡된 시선은 굴절된 신체로 표현됐다.
투명한 비닐 막이 무대를 가로지르고 두어 찢기기 쉬운 위태로
운 시대를 표현하고 있으며 동시에 보이면서 보이지 않는 이중
적인 공간을 제공한다.
극이 시작되면 무대에 설치된 선풍기가 비닐을 움직여 바람 소
리를 낸다. 이 소리는 잠든 영혼을 깨우는 소리이기도 하며 나
눠진 공간에서 동시에 흐르는 시간을 상징하기도 한다.
야만의 시대. '묻지 마, 살인'이 벌어지고, 하루 평균 42.2명이
자살하는 시대. 비닐로 만들어진 나무가 객석에 배치되어 있다.
무대에 설치된 비닐 옷이 흔들리고 찢겨 나가는 모습으로 혼돈
을 그려낸다.
생명의 시대. 비닐 막, 위로 쏟아지는 빛. 찢긴 비닐은 다시 하나
가 되어 길을 형상화한다. 그리고 그 위를 사람이 걷는다. 집을
짓는다.
모든 구조물은 모래 위에 지어져 있다. 금방이라도 모래에 삼켜
질 거 같다.

1. 〈뉴스를 말씀드리겠습니다〉

극이 시작되면 컴퓨터 모니터에 뉴스 영상이 뜬다. 영상은 극이 진행되는 동안 점점 화면이 확대되면서 비닐 막 전체에 투영된다. 마치 세상을 삼키는 듯이…

[앵커멘트1] 서울 한복판에서 '묻지 마 칼부림'으로 보이는 사건이 벌어졌습니다. 시민들이 퇴근길을 서두르던 시간에 발생한 이 사건은 30살 김 모 씨가 흉기를 휘둘러 행인 4명이 다쳤습니다. 목격자들은 김 씨가 갑자기 앞서가던 여성의 등과 어깨를 흉기로 여러 차례 찔렀고 옆에 있던 남성도 공격했다고 말했습니다. 흉기에 찔린 두 사람은 피의자 김 씨와 서로 아는 사이인 것으로 파악됐습니다. 김 씨는 시민이 제지하자 도망치면서 또다시 길 가던 남성 1명과 여성 1명에게 흉기를 휘두른 뒤, 자신의 목에 흉기를 댄 채 대치했습니다.

[앵커멘트2] 도심 한밤중 술에 취한 30대 남성이 흉기를 마구 휘둘러 1명이 숨지고 4명이 부상당한 묻지 마 식 사건이 발생했습니다.

범인은 술집 여주인을 성폭행하려다가 실패하자 흉기로 여주인의 목 부위와 손님을 흉기로 찌르고 달아났습니다. 달아난 범인은 문이 열린 단독주택으로 들어가 잠자고 있던 일가족 3명에게 흉기를 휘두르며 난동을 부려 가족 중 1명이 숨지고 2명은 부상을 입었습니다.

[앵커멘트3] 아르바이트 사장의 성폭행과 협박을 견디지 못한 여대생이 "사장 협박 때문에 못 살겠다. 치욕 당한 몸을 모두 소독하고 싶다"는 유서와 함께 사장 안 씨가 성폭행한 후 협박용으로 찍은 나체사진을 남기고, 승용차 안에서 연탄불을 피워놓고 숨졌습니다.

[앵커멘트4] 생활고로 남편과 싸운 후 아이들과 가출한 김 모 씨는 아이 셋을 질식사시킨 것으로 확인됐습니다.

이후 앵커멘트는 겹치면서 혼재 상태가 된다.
'평소 자신을 무시한 매형을 각목으로 내리쳐 숨지게 한…'
'성적이 떨어졌다고 골프채로 때린 엄마를 죽인 아들은…'
'비정규직 철폐를 외치던 노동자가 자신의 몸에 기름을 붓고…'
'실직으로 얻게 된 사채를 더는 감당할 수 없었던 가장은 가족에게 미안하다는 유서를 남기고 한강으로…'

비형량, 자판을 두드리며 나온다.

비형량	같은 반 친구를 집단 성폭행한 혐의로···

모니터 화면에 001의 모습이 뜬다.

001	클릭 수가 떨어진다. 기사를 사냥하렸다고 있는 걸 그대로 옮기면 낚시가 되겠어?
비형량	유치원에 가는 자녀를 바래다주고 집으로 돌아가던 이모 씨가 집까지 따라 들어와 성폭행하려 한 서 모 씨에게 목숨을 잃어···
001	클릭 수가 떨어지면 광고가 떨어지고, 광고가 떨어지면 너는 짤려.
비형량	부동산값 하락으로 수입 대부분을 이자로 내는 현실, 은행에 세들어 살아···
001	(말을 자르며) 선거철에나 팔리는 기사야.
비형량	무차별적인 민간인 사찰은 언론을 탄압하기 위한···
001	(말을 자르며) 퍼 나를 기사가 그렇게도 없어? 찾아. 찾아서 만들어. 사실보다 자극적으로, 진실보다 듣고 싶어 하는 말을 들려줘.
비형량	비정규직 파업 현장에 500명 깡패용역투입···
001	(막으며) 그 회사 이번에 우리랑 광고 계약했다. 동정은 집어쳐.
비형량	청년실업···
001	분노할 상대가 없잖아. 신처럼 군림할 수 있게··· 훈계하

고 비난하고 공격할 수 있는 대상이 있어야지.

비형량   모 여배우 정관계 인사와 부적절한 관계 드러나. 밀실에서 성상납이 이루어졌다고 추정되며, 국내에선 생소한 흥분제를 복용한 것으로 알려졌으며 동영상 촬영도 이루진 것으로…

001   좋은 기사는 진실이 아니라 게임임을 명심해.

001의 모습은 빠르게 움직이는 영상이 대신한다.

비형량   '백신에 접종 시 칩을 삽입. 생각을 통제하고 위치를 추적.'
'뚱뚱하다고 외모 비하. 분노해 휘두른 칼에 사망. 죽어 마땅하다.'
'참으면 병신 된다. 정당방위.'
'죽을지 몰랐다. 방치는 했지만, 살인은 아니다. 기억 안 난다.'
'보복 운전. 끼어든 차량 잘못.'
'평등은 개나 줘라. 남성 역차별.'
'인권도 보호받을 자만 보호했으면…'

영상을 가득 채우는 댓글 창.

비형량   도둑이 죄를 인정하는 것이 정의일까? 아니면 부정하는 것이 정의일까? 나는 이 질문 앞에 쉽게 답하지 못했다. 내게 질문을 던진 그는 '정의라는 것은 상대적이라 도둑의 관점에서 바라본 정의는 따로 존재한다'라고 말했다. 도둑이 죄를 인정하는 것은 정의롭지 못한 바람직하지 못한 행동이라는 것이다. 지금의 나는 답할 수 있다. 정의는 당위론이 아니라 현실론으로… 나는 밥을 먹기 위해 글을 쓴다. 내 글을 원하는 사람이 있어야 입에 밥을 넣을 수 있다. 나는 내 아가리에 밥을 쳐, 넣어야 살 수 있다. 이것이 나의 정의다. 나는 정의롭다. 이게 나의 정의다. 정의에 속지 마라. 정의는 날씨에 따라 갈아입는 옷과 같다. 나는 정의롭다.

비형량, 모니터를 들어 바닥에 내던진다.
무대 위에 놓인 모니터를 마구 부숴대는 비형량.

비형량 새로운 세상으로 가자. 새로운 세상은 파괴로부터 만들어진다.

거센 바람이 분다. 마치 비형량을 막듯이 혹은 모든 걸 파괴하려는 듯이…
어디선가 들리는 괴기한 소리 바람 소리 같기도 하고 짐승의 울부짖음 같기도 한…

소리   여긴 허락받은 자만이 올 수 있다.

소리와 함께 귀신의 무리가 등장한다.

무리, 괴기한 소리를 내며 비형량을 덮친다.

귀신의 소리라, 함은 의미가 없는 음성적인 울림 같기도 하고,

전자음이 충돌하는 소리이기도 하다.

2. 〈왕을 세워라. 질서를 위해…〉

비형량과 달이 싸움하며 등장한다.

그들의 싸움은 짐승의 싸움과 흡사하다.

그 외 물, 나무, 흙, 금 그들의 싸움을 뒤따라 등장한다.

달　　　　사람이 살지 않는 곳에 사람이 와서 무엇을 하게?

비형량　　나는 사람이 아니다.

달　　　　우리와 같지도 않지.

비형량　　나는 비형량이다. 나를 허락해라. 나는 만나야 한다. 봐
　　　　　야 할 것이 있다. 내가 사는 세계에서는 들을 수 없는 말.
　　　　　들어야 한다. 찾아야 한다.

달　　　　나를 이기면 너를 받으마.

물　　　　신과 인간이 무엇으로 싸우게?

달　　　　싸움을 걸었으니 방도도 있겠지.

　　　　　모두, 비형량을 본다.

비형량　　싸우자 한 적이 없는데.

달　　　　이제 와 발뺌이냐?

비형랑	이곳에 들어오겠다는 나를 막은 건 너지.
달	이곳엔 인간이 들어오면 안 되니까.
비형랑	난 인간이라고 할 수도 없고…
나무	우리와 같다고 할 수도 없지.
비형랑	귀신과 인간이 접하여 잉태하였으나 귀신이기도 인간이기도 하지.
흙	인간세계에서 이곳을 오려면 강을 건너야 하는데 그 깊이가 수척이라… 흙인 나도 못 건너는 강을 건넜으니 사람은 아닐 수도…
나무	어찌 왔어?
비형랑	걸어왔지.
나무	배를 탔겠지.
금	배를 띄웠다면 뒤집었겠지. 살아서 건너게 하지 않았을 걸?

금, 물을 보면…

물	보지 못했어.
달	일 제대로 하는 거야?
나무	이것도 아니고 저것도 아닌 것은 위험해. 이것이기도 하고 저것이기도 한 것도 위험해.
물	불도 인간 세상으로 가, 사람 행세하며 잘 살잖아.
달	끌려간 거지.

174

물	가고자 했으니 갔지.
나무	어떻게 쓰일 것인가. 자신을 제대로 써주는 자에게 운명을 맡긴 거야. 불을 가진 자는 힘이고, 인간은 그 힘에 고개를 조아리지. 불이 원했던 세상.
물	인간이 신을 두려워하는 세상. 다시 돌아가고 싶은 세상.
달	우리가 우리를 지킬 수 없는 세상. 돌아가선 안 되는 세상.
금	이것이 저것이 될 수도 있고, 저것이 이것이 될 수도 있다.

물, 앞으로 나서며…

물	들어오게 하면 무엇을 해줄 텐가?
달	안되지. 하나가 둘 되고, 둘이 셋 되고, 셋은 넷, 다섯…
비형랑	원하는 걸 해주지.
물	원하는 게 무엇인 줄 알고? 두려움이 없구나.
비형랑	목적이 있으면 방법을 찾고, 이익이 맞으면 거래가 되는 것이 이치.
달	인간이 저 강을 건너 이곳으로 오지 못하게 하는 거.

금, 앞으로 나서며…

금	(모두에게) 범상치는 않아. 걸어서 물을 건넜다잖아. 불이

인간 세상으로 가고 여길 지킬만한 인재가 없으니 쓰임
이 있지 않을까.

나무   능력을 봐야지 않나…

달   원칙은 무너지면 안 돼.

웅성거리는 무리.

물, 앞으로 나서며…

물   인정은 천천히 하기로 하고, 그 전에 이곳에서 찾고자 하
는 것이 무엇인지 짚어 볼 필요가 있지 않을까?

모두의 시선이 물로 향한다.

물   무엇을 듣고자 하고, 무엇을 보고자 하고, 무엇을 알고자
하지?

비형량 세상에 없는 거. 있었는데, 없어진 거.

금   금?

비형량 넘치게, 있지. 가지지 못한 자가 있을 뿐.

물   물?

비형량 없었으면 인간도 없겠지.

나무   나무가 사라진다고 슬퍼할 인간이 사라진 지 오래야.

달   달은 있어. 해가 지면 보이지. 보지는 않지만…

흙   죽기 전까진 나를 잊고 살지. 흙으로 돌아온다는 걸 잊고

살아.

달 길을 잘못 들은 거 같군. 여기서 찾을 수 없을 듯한데.

비형량 세계의 구분이 없던 시절. 그 시절 있었던 이야기.

달 이야기를 들려주면 무엇을 줄 거지?

비형량 너희가 원하는 게 뭔지 알고 있고…

물 원하는 거?

비형량 인간이 너희의 세계로 오지 않는 것.

금 그건 지금도…

비형량 나를 봐. 이렇게 시작되겠지. 하나가 둘이 되고, 둘이 셋이 되고…

달 내가 말했잖아.

물 그렇게 된다면 신들과 인간의 경계가 없던 시절로 돌아가겠지.

흙 인간은 신이 되고자 할 거야.

달 인간은 신을 죽이고 신은 인간을 벌하고.

금 다 같이 죽자고 들겠지.

달 잘 먹고, 잘 살게 해주겠다는 우두머리가 나타나자 사람들은 신을 버렸지.

나무 땅을 차지하려고 했지. 가진 걸 나누고 싶어 하지 않았어.

달 우리는 생각을 모아야 했어. 인간에게 머리를 숙이지 않기 위해.

비형량 인간이 필요로 한 건, 땅이 아닐 수도 있고 먹이가 아닐 수도 있어.

177

흙	그럼?
비형랑	지금까지와는 다른… 뭔가 다른…
흙	내 말이 그리 어려운가. 다시 물어 줘?
비형랑	그러니까… 새로운 세상 같은 거…
물	그게 뭔데?
비형랑	여기에 있을 수도 있고, (강 건너를 가리키며) 저기에 있을 수도 있고…
흙	그게 뭐야? 그 말은 나도 하겠네.
금	말 뱉고 나니까 감당이 안 되지. 왜? 막 뱉으니까. 가려서 뱉어.
달	우두머리가 서면 질서가 만들어지지.
비형랑	질서가 만들어지면 안정이 되지.
나무	만들어지면 지키기 위해 또 질서를 만들어야 하지.
비형랑	질서가 흔들리면 위험해지니까.
물	질서는 질서를 만들기 위해 힘이 필요하고, 힘을 쓰려면 싸워서 이겨야지. 싸움은 질서를 파괴하고 또다시 질서를 필요로 하고…
달	인간은 우두머리가 서면 질서가 선다고 생각했어. 그건 우두머리를 위한 질서였지. 모두에게 공평한 세상을 열 겠다는 놈도 그게 그의 질서였어. 자신의 질서를 만들기 위해 누구든 싸워야 했지.
금	끝나지 않아. 끝낼 수 없지. 그게 인간이야.
비형랑	우두머리를 따르지 않았겠군.

나무	우린 걸림돌에 불과했어. 없어야 하는 존재.
달	모든 불행을 우리의 탓이라고 했어.
비형량	화가 났겠지. 그럴 수 있어. 복종을 가르치기 위해 고통을 췄겠지.
달	왜? 우리가 왜?
흙	거짓을 만들고 선동을 한 거야.
나무	자리를 지키기 위해서 희생자가 필요했던 거지.
비형량	사실이 아니라면 믿었을까?
달	진실은 중요하지 않아.
금	화풀이 상대가 필요했던 거야. 쓰레기 같은 감정을 쏟아내기 좋은 대상.
흙	불이 세상을 덮고 신과 인간은 다른 세계로 갈라졌어.
금	쫓겨난 거지. 도망친 거야.
물	인간은 우리를 잊었어. 그건 좀 슬픈 일이긴 해.
나무	순수도 잃었지. 무의 상태를 견딜 수 없게 됐어.
비형량	아무것도 없음을 견딜 수 없게 되었다?
물	그게 네가 사는 세상이야.
비형량	다시 갖고 싶겠지? 인간이 신의 말을 따르던 시간을…
금	그게 가능할까?
달	지워. 마음에 품지도 마.
비형량	잘못된 건 바로 잡아야지.
물	잘못된 건 바로 잡아야지.
달	피를 흘리고 불이 세상을 덮을 거야.

비형랑	빼앗긴 세계를 다시 찾는 거야.
달	강 건너 세상에 대해서 아는 거라곤 아무것도 없어. 우리 중 누구도 몰라.
비형랑	내가 알아.
달	지금이 평화야. 모두 흔들리지 마.
비형랑	다시 신의 자리를 찾는 거야.
달	헛된 희망이야.
비형랑	우두머리가 없는데도 저 자리를 없애지 않은 이유가 뭘까? 기다린 거야. 강력한 힘을 가진 자를… 돌려줄게. 나를 따른다면 그게 나의 일이 될 거야.
물	쉽지 않을 텐데…
비형랑	인간의 욕망이 강을 넘게 된다면?

술렁이는 그들 앞에
달, 막아서며…

달	길을 잃게 될 거야.
비형랑	또다시 빼앗길 거야. 그땐 흔적도 없이 사라지겠지.
금	우리도 우리를 지킬 힘이 필요해.
물	난 비형랑의 말을 따르겠어.
나무	때가 됐어. 치욕의 시간을 갚아줘야지.
물	비형랑을 우두머리로…

비형량, 자신의 힘을 과시하듯 괴성을 지른다.

비형량 이제부터 여긴 내 말로만 움직인다.

무리가 환호로 답한다.
무리 땅을 구르며 의식처럼 춤을 추면 피리 소리가 바람을 타고 들리고 한바탕 원령의 춤판이 벌어진다.
축제가 벌어진다.
비형량, 달에게 다가간다.

비형량 무리를 다스릴 땐, 한 가지만 기억하면 돼. 머릿속에 두려움을 키워라.
달 경계는 세계를 나누고, 세계는 질서를 만들고, 질서가 무너지면 경계가 무너져.
비형량 본시 하나, 필요로 갈라졌을 뿐.
달 무엇을 보자고 혼돈의 시간으로 다시 간단 말인가?
비형량 존재하지만 보이지 않는 것, 보이지만 존재하지 않는 것.
달 무리는 새로운 세계로 나가고자 했고, 새로운 세계를 약속한 자는 지배자가 되고, 지배의 목적은 무리의 생각을 파괴하고, 자신을 따르지 않는 건 파멸이라는 공포로 무리를 노예로 만들었어. 우두머리가 없는 세상. 누구도 누구의 위가 아니고 누구도 누구의 아래가 아닌 세상을 만들고자 했는데…

비형랑 자리는 있는데 자리에 앉은 우두머리가 없다고 왕의 자리가 없어지는 것일까? 누구도 누구의 지배를 받고 싶어 하지 않지만, 모두는 이끌어주길 바라지. 길을 개척하는 건 두려움이고 알려주는 길을 따라가는 건 순응이지만 평화이고, 결과에 대한 책임을 물을 수도 있지.

달 비형랑 네가 찾고자 하는 답이 그건가?

비형랑 답을 찾고자 내가 그 답이 되는 것이지.

달 그럴까? 달라질 건 없어.

비형랑 여길 떠나. 여기 있어 봐야 견디기 힘들 거야.

달 어디로?

비형랑 사라지는 것을 막을 수 있는 곳. 너를 필요로 하는 곳.

비형랑, 나간다.
물, 금, 나무, 흙, 그를 따른다.
불이 달에게로 온다.

불 가자.

달 …

불 무리는 너를 필요로 하지 않는다. 가자.

달 어디로? 나를 필요로 하는 곳으로?

불 쓰임은 너의 선택이다.

달 그곳이 존재하는가?

불 너의 선택이다.

달   네가 선택한 것처럼.

불   나의 선택처럼.

      달과 불, 나간다.

      어둠이 내린다.

3. 〈다리를 놓아라. 세계를 넘나들…〉

아침이 밝아온다.

해(진평대왕), 왕의 의자에 앉아 있고 불이 그 옆에 서 있다.

달은 몸을 숨기고 있다.

비형랑, 등장해 왕 앞에 선다.

해	비형아. 어제도 월성을 하여 귀신을 거느리고 놀았다지?
비형랑	예.
해	무엇을 하며 노느냐?
비형랑	바람도 타고 땅도 구르고, 술이며 음식을 나누고…
해	계집도 탈 테지?
비형랑	무엇을 묻고자 하십니까?
해	가고자 한다. 가 보고자 한다.
비형랑	그게…
해	너는 가는데 나는 왜?
비형랑	왕이 가실 곳이 아닙니다.
해	왕인 내가 가지 못할 곳이 어디인가? 해는 생명의 시작이다.
비형랑	그래서입니다. 그곳은 산자의 땅이 아닙니다.

해	내가 너보다 못나서냐?
비형량	아닙니다.
해	귀신들과 왕 놀이를 한다지?
비형량	아닙니다.
해	거짓을 고해야지. 그래야 네가 살지. 그런데 말이다. 내가 의심이 많아. 눈으로 본 것만 믿는지라… 다리를 놓아라. 왕이라 해도 인간인데, 인간이 물 위를 걸을 수는 없지.
비형량	말미를 주십시오.

불, 앞으로 나서며…

불	임금을 기다리게 하는 건 신하된 자가 할 수 있는 일이 아니지요. 왕이라면 모를까…
해	너는 다리를 놓을 수 있다는 말이냐?

달, 앞으로 나서며…

달	왕께 인재를 천거했을 땐 그만한 연유가 있겠지요.
해	할 수 있다. 비형 너는 어떠냐? 못하는 것이냐? 안 하는 것이냐?
비형량	그곳은 죽은 자들이 모여…
해	(진노하며) 내 발아래 땅이다. 왕이 밟지 못해서야 그곳이 내 땅이라 할 수 있겠느냐? 왕이 몰라야 하는 것은 무엇

이냐, 왕이 보지 말아야 하는 것이 무엇이냐. 내게 숨기
고자 하는 것이 무엇이야?

비형랑 그곳에 무엇이 있길 바라십니까?

해 그렇지. 네가 답해서는 아니 되지. 내 눈이 본 걸 믿을 것
이고, 네가 들은 건 믿을 것이고, 내가 말할 걸 네가 믿어
야 할 테니까.

비형랑 다리를 놓겠습니다.

해 어둠이 가장 짙게 내린 시각 강으로 가마.

해, 일어서 나간다.

비형랑 보이지 않아 떠난 줄 알았더니…

달 미련 갖고 서성여도 우습잖아.

비형랑 사람 홀리는 재주가 있는 거 보니 귀신은 귀신이구나.

달 무리를 떠났다고 살길이 없을까? 인간들 사는 곳이 끔찍
한 곳이라 해도 그곳만 할까.

비형랑 (불을 가리키며) 저자는 누구냐?

달 나를 업고 이곳으로 데리고 온 자.

비형랑 욕망에 불을 지핀 자. 왕의 마음에 의심의 불씨를 심는
자.

달 (비형랑에게) 귀신의 땅에 불씨를 심은 자. 욕망에 불을 지
핀 자.

비형랑 왕을 막아줘.

달	청을 넣으려거든 돌을 던지기 전에 했어야지.
비형랑	그게, 뭐? 그냥 돌을 던졌을 뿐인데… 모두가 원했어.
달	왕이 다리를 건너면 네놈의 왕 노릇도 끝이야.
비형랑	너란 놈한테서 기분 나쁜 냄새가 나.

비형랑, 나간다.

달	비형, 저놈이 우릴 죽이려 들 거야.
불	그 전에 왕이 저자를 죽일걸. 하늘엔 태양이 둘일 수 없다는 이유를 들어… 약간의 질투심만 자극하면 돼. 이미 비형은 왕이 두려워하는 존재니까. 인간도 아니고 귀신도 아니고 인간이면서 귀신이고… 인간은 두려워해. 경계인을… 어떤 것에도 속하지 않는 존재는 다스릴 방법이 없으니까.
달	왜 나를 구했나?
불	너의 선택이었다.
달	나의 선택을 네가 도왔다?
불	그게 옳음이니까.

멀리서 귀신 무리가 다리를 놓은 소리가 들린다.
달과, 비형랑, 나간다.
다리를 놓는 무리… 다리가 조금씩 놓일 때마다 자본주의 사회가 생산해낸 만행과 그리고 현대 역사적 사료들을 이용한 몽타

주들의 영상이 투영된다.

금　　　다리를 놓으면 사람이 건너와. 사람 막아 주겠다고 우두
　　　　머리로 앉혔더니, 지가 앞서 다리를 놓으라네.
나무　　잘못 태했어. 다시 뽑자. 다리 놓지 마. 지가 죽지 우리가
　　　　죽을까.

언제 왔는지 비형랑, 긴 칼로 나무를 베어 버린다.
나무, 쓰러지며 강으로 떨어져 죽는다.

비형랑　(모두에게) 언제든 덤벼. 비형이 우두머리인 걸 똑똑히 가
　　　　르쳐 줄 테니까.

물, 앞서며…

물　　　다리가 놓이면 사람이 들 테고, 사람이 들면 귀신이랑 같
　　　　이 살자 할까.
금　　　다 쳐낼 테지. 어지러워질 테지.
비형랑　(위협적으로) 내 결정을 따르지 않겠다는 거야? 내 결정은
　　　　질서고 질서를 따르기 싫으면 떠나.

무리 움직인다. 鬼橋를 만든다.
비형랑 자리로 돌아가 그 모습을 본다.

188

무리 鬼橋를 놓으며…

금   비형을 칠 거야. 나와 뜻을 같이하겠어?

물   귀신도 죽이는 놈이야. 차라리 충성심을 보여. 그게 네가
       살길이야.

금   어차피 틀어진 계산 끝까지 가 보겠어.

물   넌 비형의 상대가 안 돼.

금   입 다물어. 그러면 네 자리는 지키게 해주겠다.

물   겁박이군.

금   원칙이 깨진 세상은 뭐든 가능해.

흙, 물을 떠서 비형랑에게로 간다.

흙   (물과 금의 움직임을 보며) 둘의 움직임이 수상해.

비형랑   (물을 마시며) 내 자리를 노리는 거겠지.

흙   설마 저들이 두려운 거야?

비형랑   너도 내 자리를 뺏고 싶지? 기회만 된다면…

흙   (바닥에 납작 엎드리며) 너에게 필요한 놈이 되고 싶을 뿐
       이야.

비형랑   (칼을 주며) 널 두려워하게 만들어.

물, 다리의 끝을 보며…

물   사람이다.

금   사람이 다리를 건넌다.

다리를 건너는 해, 달, 비형랑.

흙   달이다.

금   돌아온 자는 없었는데…

무리 달의 주변을 돈다.

비형랑, 해 앞에 예를 갖추고 무릎을 꿇는다.

비형랑   왕이다.

금   누구의…? 우리가 따르는 건 너인데…

비형랑   왕이다.

흙   저들을 해할 수 있는 건 비형뿐인데… 무엇이 두려워 인
         간에게 머리를 숙일까…

해   비형 밤마다 노는 재미가 좋았겠구나.

비형랑   저를 치실 생각일랑 거두십시오. 귀교를 건너셨으니 왕
         도 죽은 자입니다. 살아있는 왕은 죽을 수 없어도 귀신은
         죽일 수 있습니다.

해   (호탕하게 웃으며) 귀교를 건넜으니 너의 귀신놀음일랑 보
         고 가자.

비형랑   그럼.

비형, 검무를 춘다.

비형이 검무를 추는 사이 무리 달에게 간다.

금　강 너머엔 뭐가 있든?

달　사람이 있지.

흙　만나 뭘 했는데?

달　우리에게 필요한 게 무언지 찾았어.

물　새로운 세상이 있었구나?

달　그딴 건 없어.

흙　그럼?

달　내가 누군지 알게 됐고. 뭘 할 수 있는지 알게 됐어. 난
　　너희 중에 가장 힘센 놈을 고를 거야.

금　우두머리가 바뀌겠군.

물　더는 싸우지 않아.

달　탐하는 것이 생겨도?

물　이게 네가 다시 온 이유구나?

달, 대답 없이 불에게 간다.

달　비형을 칠 마음부터 갖더군.

불　원칙이란 게 이익에 따라 바뀌는 거니까. 의심하는 습관
　　을 지녀야 숨은 의도를 읽을 수 있지만, 저들에게는 그게
　　없어. 익숙한 것, 자주 접한 상황에 쉽게 빠져들기 때문

에 새로운 건 골치 아파하지. 그거 때문에 어처구니없는 실수를 저지르기도 하지만. 귀신도 인간과 같을 줄이야. 인간이 귀신과 같은 건지도 모르지.

비형의 춤이 끝난다.

해 좋은 춤이다. 무슨 상을 내릴까?
비형랑 달을 주십시오. 본시 이곳이 그의 땅입니다. 여기서 죽게…

달, 해 앞으로 나서며.

달 왕을 따르게 해 주십시오.

해, 비형랑을 본다.

비형랑 물속에서 수영하는 물고기는 물의 존재에 둔감하지만 물 밖으로 나오면 그 순간 죽습니다. 이미 죽은 자입니다.
해 달은 남기고 간다.

해와 비형랑, 다리를 건넌다.
비형랑, 칼을 높이 치켜들고 달을 베어 강에 던진다.
해와 불이 다리를 건너며…

해	비형의 칼끝이 내 심장을 노리고 있다.
불	인간은 이성적인 존재가 아니라 합리화하는 존재입니다. 명분을 세워주면 다시 왕의 신하가 될 겁니다.
해	내가 무엇을 해주면 될까?
불	비형은 자신의 말에 힘을 얻고자 왕의 권위를 빌리려 할 겁니다.
해	비형을 믿어도 될까?
불	원하는 것을 그가 듣게 하세요.
해	내가 원하는 거?
불	귀신을 처리하라 하세요. 그러면 왕이 없애지 못하는 존재는 이 땅에 없습니다. 그럼 두려울 게 없지요.
해	빠르게 전해야겠지?
불	맞습니다.
해	네가 전할 테지?
불	말이란 게 불안을 만나면 저절로 비형을 찾아가게 되어 있습니다.
해	내게서 얻고자 하는 게 무엇이냐?
불	귀교를 제게 주십시오.
해	(크게 웃고는) 가져라. 저세상 구경은 한 번이면 족하다.

해와 불, 나간다.

4. 〈물고기는 물에서 산다〉

금, 흙, 물이 모여 모의를 하고 있다.

금   비형이 인간에게 우릴 넘길 거야.

흙   약속한 거와 다르잖아.

물   주어진 걸 만족하지 못하다가 가진 거까지 빼앗기게
됐어.

금   비형을 치자.

흙   방법은?

금   위험하겠지만 해볼 만해. 따라올 수 있겠어?

흙   지금이라도 바로 잡자.

물   결과가 어찌 됐든 누군가는 죽어. 더는 잃지 말자.

금과 흙, 비형랑에게 가려는데
물, 그들을 막아서며…

물   다른 방도가 있을 거다.

금과 흙, 물을 뿌리치고 비형랑에게로 간다.

비형량	공격은 거부할 수 없는 본능이지. 태어나면서부터 몸에 박힌 습성이고, 자라면서 완성된 습관이야. 그걸 버릴 수는 없지. 그럼 우리에게 남는 게 뭐겠어? 우리를 무엇으로 설명할 수 있겠어?

흙과 금이 비형량을 공격한다.
비형량, 소리 지르며 그들을 무섭게 위협한다.
서로를 물어뜯을 자세로 괴기한 소리를 내는 흙과 금.

금	비형, 너를 필요로 하지 않는다. 사라져 줘야겠어.
물	모두를 위해 하는 말이야. 이런 행동은 내일이 없어.
흙	언제나 그랬듯이 싸워서 이기면 돼.
금	(물을 가리키며) 이놈부터 없애자. 어려운 말만 골라 쓰면서 우리를 복잡하게 만들어.
물	머리가 혼탁해서야.
흙	맑아. 또렷이 보여. 무엇을 해야 하는지.
비형량	기어이 나로 하여금 너희를 죽이게 하는구나.

비형량, 칼을 휘둘러 금과 흙을 베어 강으로 던진다.
물에게 칼끝을 대는 비형량.

물	죽음이 넘치는 시절 살아있는 게 이상한 일이지. 베어라.

비형랑, 물을 벤다.

불, 귀교를 건넌다.

비형랑 네가 올 곳이 아니다.

불 왕이 내게 주었다.

비형랑 우린 지금 어디에 있는 거야?

불 모두를 위해선 모르는 게 좋아. 이미 끝은 정해졌으니까.

비형랑 가진 자와 가지지 못한 자는 영원히 싸우고, 우리가 모두 죽을 때까지 싸움은 계속 만들어지겠지.

불 타고난 본성도 버리고, 길러진 습관도 버리고 똑같이 나누며 어울려 사는 건 불가능한 일이니까.

비형랑 왕이 너를 죽이라 했다. 귀교를 빼길 수 없다 했어. 이 세상과 저 세상을 넘나들 수 있는 자는 오직 왕 하나라 했다.

불 왕이 너도 죽이겠구나.

비형랑 나를 두려워하니까. 왕은 나의 아버지를 죽이고 왕의 자리에 앉았다.

불 네가 왕을 죽이겠구나.

비형랑 두려움에 갇혀 살길 바란다. 나는 이곳의 왕이다. 이곳의 질서는 내가 세운다.

비형랑의 칼에 불이 쓰러진다.

비형랑   왕이여 똑똑히 봐라. 나에게서 찾고자 하는 답이 이것이
냐? 원하는 대로 해주마. 싸워라. 싸워라. 그것이 우리가
살아있는 이유다.

비형랑, 귀교에 불을 지른다.

비형랑   왕이여 너는 다리를 건너지 못한다.

5. 〈무제의 시대 누가 왕인가?〉

모니터에 뉴스 영상이 어지럽게 뜬다.

비형량 이상적인 형태는 원이다. 시작점에서 끝난다. 내일도 오늘과 비슷할 것이다. 내 생각이 내 것이긴 한가. 자유로운 선택은 진정 그런가. 1초 단위로 내 뇌를 지배하는 광고들이 나를 말 잘 듣는 개로 만들었다. 돈을 지불하며 소비의 노예가 된다. 자극적인 맛에 길들어진 나의 혀끝이 불안하다는 말에 침이 고인다. 나는 지금 거리감이 없다. 멀리서 보면 희극이, 가까이서 보면 비극이 아닌 게 없다 하였으니 나는 지금 뒤로 세 발 걸어간다. 왕은 더는 왕이 아니다. 클릭, 클릭, 대중이 나로 하여금 예를 갖추게 한다.

비형량, 부서진 모니터를 하나둘 다시 세우면서…

비형량 부서진 상태로 둘 것인가 다시 세울 것인가. 세상은 내 아버지를 죽였다. 가난이 죽을 이유였다. 내가 사는 세상은 세상이 아니고, 모니터 너머 세상은 세상이 아니다.

내가 사는 현재는 현재가 아니고, 모니터 너머 현재는 현재가 아니다. 나는 지금… 새로이 세우려 한다.

부서진 모니터들의 조합은 또 다른 어떤 형태를 만들어 내고 만들어진 모니터 안에서 비형량 그의 모습이 들어있다.
비형량, 자신의 모습이 투영된 모니터 앞에 선다.

비형량 원하는 말을 해야 한다. 진실은 정의가 아니다. 원하는 말이 정의다. 정의에 돈을 지불할 것이다. 나는 살아남을 것이다.

001 진실은 게임을 원합니다. 원하는 정의가 있으십니까? 원하는 답을 드리겠습니다. 코인을 지불하십시오.

막 내린다.

잡아야 끝이 난다

살인의 형태를 보면 그 사회가 읽힌다.
범인을 쫓다가 인생에 쫓기는 전직 형사들

등장인물

전직 강력반 형사들

문형식　현재 핸드폰 대리점을 운영하고 있다. 왼쪽 다리가
　　　　불편하다.
최성근　현재 사슴농장 농장주다.
강준희　모임에서 유일한 여형사로 문학 교실을 다니며 소설
　　　　을 쓰고 있다.
탁재철　현재 아파트 관리소장.
차민규　현재 낚시터를 운영하고 있다.
서진구　나타나지 않는 형사.

그리고

진경준　퇴직을 한 달 남겨두고 있다.
박소진　미해결사건 전담반에 배속된 젊은 여형사.
　　　　이들 사이에서 신참이라 불린다.
차옥희　가게주인. 20년 전 아들을 잃었다.

무대

개발의 손길이 닿지 않은 골목 안에 자리한 생고기 전문점.
오래된 시간만큼이나 세월이 느껴지지만, 주변에서 소문난 맛집
이다. 그 집 옆으로 어둠으로 끝이 보이지 않는 길이 있다.
간판에 '생고기'라고 크게 쓰여 있고 벽면 메뉴판에는 목살, 갈매
기살, 삼겹살이 쓰여 있다. 그 옆에 시계가 걸려 있다. 시계는 5시
57분을 지나고 있다.
양철로 만든 원형 테이블 중앙에 고기 불판 자리가 있다. 테이블
이 7개 정도의 작은 식당이지만 이 중 세 개의 테이블이 나란히
붙어 있다. 테이블을 중심으로 의자가 6개 놓여 있다.
매월 마지막 주 목요일. 강력반 전직 형사 6인이 이곳에서 모임을
한다. 무대 밖에서 차옥희의 소리가 들리며 극이 시작된다.
극이 진행되면 무대는 가게 안과 밖이 동시에 흐른다.

1. 그들은 전직 형사다

차옥희　(무대 밖에서) 장사 안 해요. 간단이고, 한잔이고 안 판다
　　　　니까. 그래요. 마지막 주 목요일. 알고도 남을 양반이…
　　　　내일 와요. 좋은 걸로 드릴게.

중년의 차옥희, 가게로 들어온다. 밑반찬을 식탁 위에 놓는다.
손님이 올 시간이다.
시계가 6시를 막 지날 때쯤 노년의 문형식이 들어온다.

차옥희　(시계를 한 번 보고는) 정확해서 좋네요.
문형식　걱정하니까.

문형식, 자리에 앉는다.

차옥희　근처서 기다렸다 들어오나 봐요. 어떻게 매번 딱 맞춰요.
　　　　한, 두 해도 아니고…
문형식　타박하는 거야? 일없는 늙은이라고.
차옥희　(웃으며) 다음부턴 들어와 있으세요. 괜히 시간 맞추느라
　　　　서성이지 말고…

문형식   딱 맞춰 오는 거라니까. 수사하다 보면 시간이 얼마나 중 요한데. 분단위로 용의자가 달라져.

노년의 최성근, 강준희, 탁재철, 차민규 들어온다.

차옥희   형사님들 오시네.

다들, 자리에 앉으며…

최성근   사슴 키운 지가 몇 년인데 형사는…

강준희   여기서라도 들읍시다. 듣기만 좋네.

탁재철   소장님 불러도 고개 돌아가질 않아. 탁 형사님이라고 부 르면 바로 몸이 반응하는데…

강준희   그러니까. (차옥희에게) 나는 강 형사님이라고 불러줘.

최성근   낚시터는 어때? 늙으니까 풀 먹이는 것도 보통 일 아니 야. 사슴피 찾는 사람도 줄고.

차민규   하던 거 하소. 실내 낚시터 생기면서 이쪽도 안 좋아.

강준희   요즘 같을 때 잘 되는 게 있으면 이상한 거지. 여기만 잘 될걸.

차옥희, 고기 가져다준다.

강준희   돈 많이 벌었겠다.

차옥희   그냥요.

탁재철   서 형사 늦네.

강준희   오겠지. 얼마 지났다고…

최성근   조사들은 잘 받은 거지?

강준희   몇 번을 확인해? 같은 답 지겹다. 본 거 있어? 우리 나올 때 살아 있었잖어.

탁재철   옛날 생각나더라. 피가 막 끓어. 경찰서만의 냄새가 있잖아. 좋던데… 좋았어.

문형식   의자 하나 더 있어야 하는데…

차옥희   누가 오세요?

문형식   진 형사라고… 다음 달 퇴직하면 우리 모임에 들어오기로 했어.

차옥희, 의자 옮기려고 하면…

탁재철   (일어서 의자를 옮기며) 내가 할 테니 소주잔이나 줘.

강준희   축하주 얻어먹어야겠네. 형사로 정년퇴직이 보통 일이야.

차옥희, 소주잔을 가져다주고 간다.

최성근   그럼, 범인 잡다가 죽을 수도 있지.

차민규   뒷돈 좋아하다 잘린 놈, 여자랑 잘못 엮여서 옷 벗은 놈, 마약반 맡아봐. 그거 맛보다가 지가 중독된 놈도 있어.

문형식 형사가 나이로 정년인가, 범인 못 잡아도 정년이지.

강준희 그런 의미로다, 우리는 훈장 하나씩 받아야 하는데…

모두, 웃으며 잔을 비운다.
탁재철만 웃음이 없다.

탁재철 신참 때문에 죽기도 하고. 내가 모시던 석 반장님. 나 대신 칼 맞았잖아.

최성근 나도 동료 둘 잃었어.

차민규 나는… 먼저 간 형사들 가족 생각하면 다들 죄인이지.

문형식 지옥이 되지 않으려면 형사가 필요하다고 떠들지만, 형사들 박봉이나 위험수당 얘기 나오면 다들 인색해지잖아.

강준희 (잔을 들며) 이 잔은 고인들을 위해.

모두, 말없이 잔을 비운다.

차민규 (강준희에게) 쓴다는 소설은 잘 돼?

최성근 잘 되긴 뭐가 잘 되겠어. 30년 넘게 수갑 채우던 손에 연필 쥐어 준다고 글이 나와.

강준희 요즘 누가 손으로 글 써. 컴퓨터 자판 두드리지.

최성근 봐. 은유법도 모르잖아.

탁재철 조사 꾸미던 솜씨로 쓰면 되지. 타자기로 해봐. 익숙한 게 낫지.

강준희   왜 이래. 감명 깊게 읽은 책이 뭐냐고 물으면서 소개팅한 세대야.

최성근   그때 만난 남자가 인생에서 마지막이지. 놓치지 말고 탔어야지.

강준희   최 형사 말 좀 가리자. 사회 나왔으니 말 터준 거지. 기수로는 나보다 아래잖아.

문형식   (최성근에게) 자세 고쳐 앉아, 임마.

최성근   이럴 거야?

문형식   나 너보다 계급 위야.

최성근   과거에.

탁재철   이럴 땐 특채가 최고야.

최성근   나도 유도나 해서 메달이나 딸걸.

최성근, 술잔을 비운다.

차민규   (문 형사에게) 며칠 전에도 한 건 했다며?

탁재철   살아있네.

문형식   얼빠진 놈이 우리 대리점에 와서 대포폰을 만들더라고. 잡고 보니까 보이스피싱 하는 놈이야. 맨 밑에 잔챙이.

탁재철   나도 며칠 전에 받았어. 우리 애 이름을 대면서 아버지냐고 묻더니 그렇다니까 전화를 바꾸데. 전화 받은 놈이 연상 울어. 그냥 울어. 그러더니 다시 그놈이 받아. '이제 알겠지.' 이래. 그래서 내가 '뭘?' 이랬거든. '당신 아들을

207

데리고 있다.' 이래. 그래서 내가 '너 누구냐?' 했더니 '알
아서 뭐 할래? 아직도 사태 파악이 안 돼.'냐면서 이 씨
발놈이 욕을 해. 순간 뚜껑이 열리더라고. '이 씨발놈아
내 아들이 지금 40이 넘었어.' 그랬더니 딱 끊어.

강준희   신고했어?

탁재철   했지. 못 잡았어. 아… 뚜껑만 안 열렸으면 잡았을 텐
데… 그 새끼가 욕을 해대는데 꼭지가 돌더라고.

차민규   늙으면 감정이 앞서. 조절이 안 돼. 그러니 상황 파악이
되나.

강준희   손자 이름 댔으면 넘어갔을걸.

탁재철   그랬겠지. 개인정보 관리가 완전 개판이야.

문형식   옛날이 좋았어.

차민규   뭐가? DNA 검사를 못 해서 놓친 범인이 한둘이 아니
구만.

강준희   과학수사 한다고 범인이 다 잡히나.

탁재철   요즘은 CCTV가 잡잖아.

최성근   범인 검거는 형사의 의지야.

차옥희, 익은 고기를 자르며…

차옥희   저도 거기에 동의하네요. 문 형사님 안 계셨으면 우리 아
들 죽인 범인 못 잡았죠. 모두 자살이라고 그랬으니까요.

문형식   타살로 입증할 증거가 없으면 자살로 종료하는 게 다반

사니까.

차옥희 문 형사님은 안 그랬잖아요. 자살을 입증할 증거가 없다
고. 익사가 자살일 수도 있지만, 사고사일 수도 있고, 타
살일 수도 있다.

최성근 (고기를 먹으며) 문 형사 덕에 한 달에 한 번 공짜 고기 먹
는 건 좋은데 장사까지 접을 필요는 없는데…

차옥희 덕분에 다리 뻗고 자요. 가끔 가슴은 뻐근하지만…

탁재철 마지막 주 목요일. 1년에 12번. 앞으로 몇 번이나 더 모
일는지…

차민규 우리 모임이 몇 년 됐지?

차옥희 오래들 오세요.

강준희 늙어가는 거 봐서 뭐 하게?

차옥희 좋잖아요. 늙어가는 것도 보고…

그들 사이에 고기 굽는 소리만 들린다.

문형식 서 형사가 왜 안 오지. 연락해봐.

강준희 출발 전에 전화했는데 안 받더라고. 오겠지. 말없이 안
올 사람은 아니잖아.

진경준, 들어온다.

탁재철 서 형사 오네. 어… 아니네.

문형식	어서 오시게. 진 형사.
진경준	다들 잘 지내셨습니까?
모두	어서 와.

치옥희, 주방으로 간다.

진경준, 자리에 앉는다.

강준희	다음 달 퇴직이라고?
진경준	네… 시간은 가고 퇴직은 오고…
강준희	우리 모임에 들어온다며?
진경준	선배님들이 허락해주셔야죠.
강준희	난 환영. (진경준의 엉덩이를 툭 치며) 어린 남자 좋잖아.
진경준	여기 오니까 집에서도 못 받는 남자 취급도 받네요.
탁재철	무조건이지. 나도 내 밑으로 줄 좀 세워보자.
강준희	진 반장 실력에 그 자리에서 퇴직하는 거 보면 위에다 이쁨 못 받았구나?
탁재철	그것만으로 우리 모임에 들어 올 자격 충분하네.
차민규	난 생각해 보고…
진경준	또 이러신다. 아직도 저한테 화나셨어요? 낚시터 단속 보낸 거, 저 아닙니다. 아니라니까요.
차민규	너 맞는데… 혐의가 완전히 벗겨질 때까지 난 보류.

최성근, 진경준에게 술을 따라주며…

최성근　술자리 온 사람한테 술부터 주는 게 순서지. 회사 면접
　　　　　보는 것도 아니고…

진경준　나쁘지 않습니다.

　　　　　진경준, 술을 마신다.

문형식　우리나라가 자유국가야. 민주주의는 다수결이고. 통과.

　　　　　문형식, 탁자를 '탕탕' 치면 다들 손뼉을 치고 환영하며 건배를
　　　　　하지만 차민규만 못마땅하다.

차민규　다수결이 다 좋은 건 아니야. 이런 건 집단이기주의지.

진경준　저 아니라니까. 참…

문형식　(차민규에게) 법 어긴 걸 먼저 반성해.

차민규　(벌떡 일어서며) 술맛 딱 떨어지네.

　　　　　이때, 박소진이 들어온다.

차옥희　(주방에서 고기를 썰며) 장사 안 합니다.

진경준　왔어. (차옥희에게) 일행입니다. (박소진에게) 여기 앉아.

강준희　거긴 서 형사 자리야.

진경준　그래요? (박소진에게) 의자 가져다 앉아.

박소진, 의자를 가지고 온다.

최성근 누군지는 알아야 동석을 하지.

박소진 강력계 박소진입니다.

진경준 미결사긴 진담반에 같이 있었는데 … 이번에 인천 간석
동 사건, 이 친구가 잡았어요.

최성근 뉴스 봤어. 앉을 자격 있네.

진경준 (박소진에게) 앉아.

박소진, 앉는다.
탁재철, 진경준에게 소주를 따라주며…

탁재철 퇴직 전에 꼭 잡고 싶다더니… 부하직원 잘 뒀네.

최성근 범인이 남편 맞잖아. 그 새끼 범인 같았어.

탁재철 짐작은 했는데 잡질 못했지. 그런 게 어디 한, 둘이야.

진경준 지독한 놈. 마누라. 딸. 장모, 아들까지 싹 죽이고 아들 사
체만 치운 거라. 경찰에다 실종신고 내고. 처음에 아들
행적 좇느라 삥이 돈 거 생각하면… 와.

문형식 결국은 남편인데…

강준희 잡은 게 아니라 남편이라는 증거를 찾았구만.

진경준 (차옥희 쪽을 보며) 사건 얘기해도 되나…?

탁재철 여긴 괜찮아. 우리가 여기다 흘리고 간 사건이 몇 갠데…

차옥희, 고기와 소주잔을 내온다.

최성근　고기는 됐는데.

차옥희　준비한 건 다 드시고 가세요. 그래야 제가 좋아요.

차옥희, 주방으로 간다.

차민규　그 사건 공소시효 지났잖아?

진경준　2015년 '태완이법' 통과될 때, 2000년 8월 이후 사건은 공소시효가 폐지됐거든요. 근데 그 사건이 딱 2000년 9월 3일이라…

탁재철　아슬아슬했네.

박소진　폐지는 분명 늦은 감이 있습니다. 헌법 제10조에 인간의 존엄과 가치를 국가의 근본규범으로 보장하고 있고, 인격과 생존의 기초가 되는 생명을 누구도 침해할 수 없는 거니까요. 형법 제250조 '사람을 살해한 자는 사형, 무기 또는 5년 이상의 징역에 처한다.' 처벌도 약하죠.

강준희　입 빨리 떼네. 우리 때는 이런 자리에서 첫날은 입 못 뗐지.

박소진　시대가 바뀌었습니다.

문형식　새 사람 왔는데 술이나 한잔해.

탁재철　그러자고.

다들 술잔을 들어 비운다.

강준희 미해결 살인사건을 다루겠네.

진경준 그래서 데리고 왔습니다. 선배님들한테 배우라고…

박소진 수사단계에서 증서자료의 부족으로 용의자를 검거하지
못하고 공소시효 만료됐던 사건부터 범인을 기소하지
못해서 재판도 못 하고 변사체만 존재하거나 용의자를
붙잡지 못해 재판도 할 수 없는 사건까지입니다.

강준희 신선하다. 자판기처럼 대답하잖아.

차민규 퇴직하고는 볼 수 없었던 풍경이지.

탁재철 형사 왜 됐어? 얼굴도 이쁘구만…

박소진 성차별적 발언이십니다.

최성근 제2의 강준희인데…

강준희 엮지 맙시다.

문형식 성차별적 발언 빼고. 왜 형사가 되려고 했지?

박소진 의무감 같은 겁니다. 좋은 세상을 만들고 싶었고, 거기에
희생이 따르더라도 가치가 있다고 판단했습니다. 희생은
그 자체만으로도 위대하니까요.

탁재철 나도 이런 말 했던 거 같아.

차민규 언제? 30년 전에? 못 들어본 거 같은데…

탁재철 스스로 놀라고 있다니까. 내 입에서 저런 말을 했다니…

문형식 (박소진에게) 진짜 이유?

박소진 … 국가를 위해서요.

문형식　군인에게 어울리는 말 말고…

박소진　국민의 생명을 지키고…

문형식　의사가 됐어야지.

박소진　정의를 바로 세우고… 약자를 보호하고…

최성근　사회운동가들도 그런 말 해. 집회에 나가봐. 흔하게 듣는 말이야.

차민규　정치인 단골멘트고.

강준희　직업을 잘 못 선택했네.

박소진　사회가 온통 정의를 외치는데 그게 정작…

문형식　그냥 나쁜 놈 잡아. 그게 우리 일이야. 거창하게 떠들어 대는 건 중요하지 않아. 형사한테 중요한 건 범인을 잡는 거야.

진경준　많이 가르쳐주십시오. 아직 어립니다.

진경준이 든 잔에 모두 건배를 하고 잔을 비운다.

강준희　시대가 다르다잖아. 우리한테 배우려고 할까?

차민규　기특하게 봐줘. (박소진에게) 마흔쯤 넘으면 범인 잡을 때 뭐라는 줄 알아? '뛰지 마라. 도망가도 좋은데 뛰지는 마라.'

탁재철　나는 칼 빼지 마라. 한 방 맞고 났더니 진짜 피하고 싶더라고. 강력반 출근하고 일주일도 안 됐지. 도주차량 쫓다가 막다른 골목에 들어섰는데… 딱 내려야 하는 타이밍인 거야. 지원 병력 올 때까지 버티라고 무전 오지. 근데 앞에서 덩치 둘이 내리더니 내 차로 오네. 형사 가오가 있지, 차는 뒤로 못 빼겠고… 생각할 틈도 없이 도끼로 차를 찍는데 이래도 죽고 저래도 죽겠다 싶어서 내렸는데 바로 칼이 들어와. (윗옷을 올려 흉터를 보이며) 이거 그때 맞은 거야.

최성근 장난하나… 난 총 맞았어. (가슴을 풀어헤치며) 1센티만 틀어졌어도 심장 관통했다니까.

강준희 형사 하면서 대중목욕탕을 못 갔다. 하도 칼자국이 많아서…

차민규 벗지 마라. 늙은 여자 몸 보고 싶은 사람 여기 아무도 없다.

강준희 왜? (윗옷을 벗으려고 하며) 서비스 좀 하겠다는데…

문형식 술이나 마시자.

차민규 남자가 술 찾을 때는 여자를 안고 싶거나 누굴 죽이고 싶을 때라던데.

강준희 안고 싶어?

최성근 패고 싶을 수도 있고.

서로들 웃으며 잔을 비우는데…

박소진 진지한 얘기가 듣고 싶었습니다.

그들 사이에 감정이 멈춰버린다.

강준희 성공하긴 어렵겠다. 승진의 첫 번째 조건은 겸손이거든. 실적이 아니라.

박소진 자격지심이십니까? 혹은 굽신거리는 걸 좋아하십니까?

강준희 태도. 표정. 그 정도는 읽을 수 있어. 내가 너한테 존경심을 바라겠어? 바란다고 할 거야? 수사권을 뺏긴 전직형사에게… 어설픈 추측은 하는 게 아니야.

박소진 제가 범죄자라도 됩니까?

강준희 내가 같은 여자이면서 왜 여자 후배들이 더 못마땅하냐면 지금 니들이 누리고 있는 걸 위해 싸운 선배가 있다는 걸 망각하니까. 난 사내들의 권리를 위해선 싸우질 않았거든. 내 몸으로 증명하면서 싸웠어. 다신 나처럼 겪지 말라고… 날 똑바로 봐.

박소진 …

강준희 네가 보고 있는 게 뭔지 알아? (사이) 너.

박소진 …

강준희 네가 무얼 하든 끝은 나와 같을걸.

진경준 그만하시죠. (박소진에게) 사과드려.

박소진 잠시 나갔다 오겠습니다.

박소진. 나간다.

2. 그들은 가게 안에 있다

가게 앞 골목길.

밖으로 나온 박소진, 담배를 꺼내 피우려는데 라이터가 켜지지
않는다.

잠시 뒤 차옥희가 밖으로 나와 담배를 피워 물고는 라이터를 박
소진에게 건넨다.

박소진, 담뱃불을 붙이고 라이터를 건네면…

차옥희 또 필요할 텐데…

박소진, 라이터를 자신의 주머니에 넣는다.

흔들리는 가로등 아래 두 여자가 내뿜은 담배 연기가 밤공기를
타고 흐른다.

차옥희 형사라는 말이 프랑스에서 시작됐다지. 나도 들은 거지
만… 제복 입은 경찰만 있었는데 사복형사 만들면서 처
음엔 절도범 중에서 뽑았다지, 범죄자가 범죄자를 가장
잘 아니까. 거친 거 딱 몇 년 차인지 나오지. 아무리 곱상
한 얼굴도 몇 해 가면 깡패랑 구분이 안 가.

박소진　저 형사예요. 저한테 하실 말은 아닌 거 같은데…

차옥희　똑똑한 사람은 길을 쉽게 잃지.

박소진　쉽지 않네요. 여기가 그래요. 저한테는…

차옥희　처음엔 모든 게 어렵지. 실험하는 거야. 이겨낼 수 있는
　　　　지. 해결할 수 있는지. 그러면서 능력도 키우고.

박소진　내가 저 길 들어서는 순간부터 가르침을 멈추질 않았거
　　　　든요. 담배 한 대쯤은 편하게 피고 싶은데…

차옥희　얼마든지.

담배 연기가 둘 사이를 가른다.

박소진　저 같은 친구 많이 보셨나 봐요?

차옥희　골목 끝이 경찰서라… 여기서 장사한 지도 내 나이 서른
　　　　조금 넘었을 때니까…

박소진　무시하고 하찮게 말하고… 저도 나름 형사 밥 먹었어요.

차옥희　… 사람마다 약점이 있어. 약점이 뭔지 알아?

박소진　…

차옥희　다른 사람이 말해주는 거.

박소진　…

차옥희　약점이 강점이 되려면 어떻게 해야 하는지 알아? 다른
　　　　사람이 말해주는 거 듣는 거.

차옥희, 피우던 담배를 끄고 안으로 들어간다.

3. 그들의 수사

가게 안.

진경준이 사건 현장 사진을 보여주고 있다.

가게 안으로 들어 온 차옥희는 주방으로 간다.

문형식   시체는 계획적으로 처리했군. 도주로가 확보되어 있고 시선을 피하기에도 좋아. CCTV도 없고. 치밀하고 침착하고 논리적이야. 완벽해. 그런데 살인은 서툴러. 교살을 시도하다 실패했고 연장도 미리 준비하지 않았고 망설임도 보여. 왜 그랬을까?

탁재철   우발적 살인.

강준희   그렇게 보이고 싶었을 수도… 나중에 잡혀도 면죄부가 될 수 있으니까. 진짜 처음일 수도 있지만… 그러기엔 사체 처리가 너무 완벽해.

최성근   공범이 있을 수도 있고…

차민규   그렇지. 죽인 놈과 버린 놈이 다르다는 건 재판을 무효화시킬 수 있는 힘이 되기도 하니까. 무죄를 위해 준비한 나름의 트릭?

탁재철   계획적인 거란 우발적인 정황이 섞이면 골치 아픈데…

최성근 이렇게 되면 범행 자체가 대상일 수도 있잖아. 피해자를 직접 대상으로 노린 게 아니면… 대상이 아니라 살인이 목적인가?

진경준, 다른 사건 파일도 꺼낸다.
진경준이 꺼낸 사진은 영상에 뜬다.

진경준 그런 거 같습니다. 피해자의 연관성은 없고 수법은 유사합니다.

강준희 동일한 건 뭐고 다른 건 뭐야?

진경준 시체유기 방법은 동일한데 살해 방법이 다릅니다.

문형식 죽음에 이르기 전 선행사인은?

진경준 입 여는 사람이 없습니다.

차민규 마을이 작은 것도 아니고 왜?

문형식 맞아. 작은 마을이 수사하기 제일 힘들지.

차민규 섬은 더해. 거기 어디였더라… 암튼 섬에서 살인사건이 나서 파견을 나갔거든. 와… 아무도 입을 안 열어. 범인이 섬사람인 건 분명한데… 다 지인, 가족, 친분으로 엮이지 않은 인간이 없거든.

최성근 도시도 같아. 범인 잡는 거보다, 집값 떨어질까 봐 쉬쉬하지.

강준희 늙어서 그래? 집중력도 떨어지나 왜 자꾸 딴 길로 새.

탁재철 참 지독하게도 찔렀네. 이 정도 찌르면 예전엔 무조건 원한이었는데…

문형식   지옥이 된 지 오래야.

강준희   문학적이다.

진경준   잡아야 하는 놈이 어떤 놈일까요?

박소진, 가게 안으로 들어온다.
박소진의 등장과 함께 영상은 사라진다.

최성근   제법이네. 간 줄 알았는데…

탁재철   그럼 형사는 배짱이 최고야.

강준희   웃어. 지면 안 되잖아. 의연하게… 표정 관리하라고…

박소진, 진경준이 꺼내놓은 사건 파일들을 보며…

박소진   (진경준에게) 반장님 사건 파일을 외부로 가져오시면…

진경준   왜? 나 고발하게?

박소진   절 왜 데리고 오신 겁니까?

차민규   그거 피해자가 가장 많이 하는 말인데. '왜 나지? 왜 나
            한테 이런 일이?' 피해자 가족들도 그렇잖아. 왜 우리한
            테 이런 일이 일어나냐고… 많이 억울한 갑다.

진경준   제대로 된 고기 맛보라고.

박소진   …

차옥희, 고기를 내와 불판에 올린다.

진경준   (고기를 먹으며) 선택권을 주지. 돌아갈 건가 아니면 앉아
서 지상 최고의 맛을 볼 건가.

차옥희   우리 집 고기가 최상급이지.

박소진, 의자에 앉아 고기를 마구 집어서 먹는다. 소주도 빠르게
비우며…

박소진   고기를 두고 갈 정도의 사치는 없어서요.

강준희   범인도 그렇지만 생각하게 만드는 게 중요해. 그래야 흔
들리거든.

그들, 웃으며 잔을 비운다.

박소진은 웃지 않는다.

강준희   동기 하나가 강력반으로 차출돼서 가더라고 은근 약이
올라. 나도 보내 달라고 했더니 여자라고 안 된대.

최성근   강준희가 여자야?

강준희   그때는. 그때는 범인이랑 맞닥트리면 무조건 '감사합니
다.' 했어. 증명해 보여야 하니까. '내가 이 정도'다. 죽기
살기로 잡았어. 강력반 가려고…

탁재철   나는 범인이랑 가까이 있을 때마다 '승진하겠구나.' 이

생각이 가장 먼저 떠올랐는데…

최성근   왜 그리 가고 싶었어?

강준희   오기였지 뭐. 여자라고 무시하는 거 같아서. 첫 사건을 마주하고 이곳은 올 곳이 못 된다. 오지 말았어야 한다고 후회했지만… 현장에서 사체 딱 보는데 인간이 했다기엔 너무 끔찍한 거야. 눈은 슬픔으로 차고 머리는 혼란스러워지고… '범인한테는 냄새가 있다.'고들 하잖아. 나도 형사 되고 선배들한테 처음 들은 말이 그거야. 그 냄새가 뭔지를 알겠더라고.

문형식   그 냄새 맡을 때가 사는 거지.

차옥희, 주방으로 간다.

차민규   사체 눈을 보게 되면 마음으로 용서를 구하거든. 그렇게 시작하더라고. 의도하지 않은 죄책감이… 죄책감은 선명할수록 좋아. 피해자의 가족을 만났을 때, 주변인 탐문할 때 중요한 역할을 하거든. 선이 잡히는 거야. 슬픔, 분노, 불안감. 피해자의 죽음을 어떤 감정으로 받아들이고 있는지.

박소진   형사물이 좋았습니다. 반드시 정의가 실현되니까. 숨기려고 해도 도망치려고 해도 반드시 범인은 잡혔죠.

탁재철   사는 게 순탄치 않았나 봐. 억울한 것도 많고 불합리한 상황을 많이 경험했던 인생일수록 형사물을 좋아하거든.

박소진	순조로운 삶을 산 인간들은 형사물을 싫어하나요?
진경준	불편하게 들을 거 없어. 피해자들이 있는 놈들이거나 선량하게 살다가 어쩌다 상황이 꼬여서 희생자가 된 경우가 많으니까.
박소진	오래된 단독주택에서 일어난 사건입니다.
강준희	갑자기 사건 얘기는… 됐어

박소진의 대사가 시작되면 사건 현장의 사진이 영상으로 뜬다.

박소진	시간의 흐름만큼이나 낡은 가구들이었고 거실 중앙에 원탁 테이블이 놓여 있었습니다. 원탁 테이블에 둘러앉아 '잭 다니엘'을 마시며 포커를 치고 있었어요. 현장에 있었던 사람은 피해자까지 여섯 명. 이상한 건, 의자는 일곱 개였다는 겁니다. 제가 이번에 맡은 사건입니다. 빈 의자의 주인에 대해서 알아낸 건 그들도 처음 본 사람이고. 그날 방문객이 있다는 걸 안 사람은 죽은 피해자뿐이었다는 겁니다.
강준희	우리 조사하러 온 거야? 현장에 피해자와 있었던 사람들 우리 얘기지?
박소진	제가 사건임을 말씀드리는 겁니다. 안 하고 앉아 있자니 좀 불편해서요.
탁재철	사건이 그리로 갔어?
강준희	경찰서 가서 성실하게 답하고 왔어. 여기 있는 사람 모

두다.

문형식 우리가 거짓말했다고 생각해?

박소진 아니요. 거짓말을 할 때 나타나는 특성은 보이지 않았어요. 거짓말 탐지기도 모두 통과했고요.

문형식 거짓말을 할 때 나타나는 증상을 다룬 책이 있지. 자네들은 책을 읽고 외우고 실험을 하고 확신을 하겠지. 책의 방법에 따라. 그거보다 더 빠르고 더 쉽게 알 수 있는 게 있어.

박소진 …

문형식 거짓말하지 않는 인간은 없다는 사실을 깨닫는 거. 형사가 찾아야 하는 건 그게 누구를 위한 거짓말이냐는 거지. 본인 혹은 가족. 애인. 평소에 사이가 안 좋은 인간들… 등등등…

박소진 이해가…

문형식 거짓말은 지키기 위해서 할 때도 있지만, 망치기 위해서 할 때가 더 많으니까. 여기 있는 사람들 믿지 말라고.

강준희 왜 이래? 복잡해지게. 믿어. 우린 사실만 말했어.

진경준 범인은 찾아도 증거는 찾기 힘들죠.

탁재철 서 형사가 늦네.

최성근 올 거야. 언제나처럼.

그들 사이에 서 형사의 의자는 여전히 비어있다.

모두, 서 형사의 자리를 본다.

차민규, 일어서 나가려 한다.

진경준　어디 가십니까?
차민규　물 빼러.
진경준　같이 가시죠.

차민규, 그리고 진경준, 가게 밖으로 나간다.
박소진, 술을 따르려는데 술병이 비었다.

박소진　술 떨어졌습니다.
강준희　꺼내와.

박소진, 일어나 소주를 가지고 온다.

강준희　개를 물 수 없다면 이빨을 드러내지 마.
박소진　언제나 경우의 수는 하나가 아니니까요.
문형식　유능한 형사는 신체 손상 없이 인간을 굴복시켜. 그게 예
　　　　　술이지.
탁재철　이걸 누가 해냈지? 난 모든 걸 알고 있다. 문제없다. 그 순
　　　　　간 인생은 꼬여. 훈련 부족과 경험 미숙이 부르는 참사.

박소진, 술을 따르며…
그들의 잔과 자신의 잔에…

박소진 조사받는 것 같습니다.

최성근 그냥 대화야.

탁재철 우리 땐 고문도 수사 방법이었는데…

최성근 그거 싫어서 형사 그만둔 놈들도 많았어. 즐긴 놈도 있었지만…

박소진 아랫사람도 받아들이지 않을 수 있습니다.

문형식 형사를 무너뜨리는 건 잡은 범인의 숫자보다 놓친 한 명의 범인 때문이지. 죄책감이 멈출 거라 생각하겠지만 일이 일어난 뒤는 늦었어.

그들, 잔을 비운다.

4. 그들은 벽을 보고 서 있다

가게 밖.

벽을 보고 서 있는 차민규와 진경준.

소변 금지라고 써진 벽에 그들이 돌아서면 소변 자국이 선명하다.

차민규, 안으로 들어가려고 하는데…

진경준 담배 한 대 하시겠습니까?

차민규 끊었어.

진경준 제가 그런 거 아닙니다.

차민규 낚시터 신고한 게 자네가 아니라고 해도 계속 원망할 거야. 구겨진 내 인생에 대한 위로가 되더라고… 원망하는 게. (웃는다)

사이.

진경준 죽은 자는 말이 없다고 하지만 대부분 수사는 죽은 자를 통해 범인이 누군지를 알아내잖아요. 그래서 형사들은 죽은 자가 말을 한다고 하죠. 저보다 더 잘 아시지 않습니까?

차민규   형사가 잡는 건 단순한 범인이 아니야. 그들의 삶이지. 그것이 피해자든 가해자든…

진경준   전 나라를 위해 일합니다.

차민규   군인이냐? 시류에 맞게 국민이라고 해라.

진경준   정의가 살아있다는 걸 보여줘야 하니까요.

차민규   정의가 우리를 자유롭게 할까?

진경준   …

차민규   한때는 목숨처럼 지켰던 말인데…

진경준   그게 제 일입니다.

차민규   자네가 내린 결정이 자네에게 피해가 되지 않기를…

차민규, 가게 안으로 들어간다.

진경준의 핸드폰이 울린다.

진경준   어. 아직… (듣고) 내가 말한 대로 해.

진경준, 전화를 끊는다.

담배를 피우려다 구겨 버리고는 가게 안으로 들어간다.

5. 그들의 테이블에 빈 병이 쌓여간다

진경준, 가게 안으로 들어온다.

그들 사이에 좋은 분위기가 흐른다.

강준희 (웃으며) 이 친구, 언제나 이렇게 무례해?

진경준 오늘따라 그러네요.

박소진 자유국가니까 편하게 말하죠. 솔직하게… 시대는 바뀌었습니다.

최성근 바뀌어도 바뀌지 않는 게 있지. 뇌로 가는 피를 막는 기술. 반드시 배워.

탁재철 방아쇠를 당기기 전에 먼저 결정해. 머리를 맞출지, 다리를 맞출지.

강준희 실적이 필요하면 조직의 우두머리를 잡아. 그다음은 그들 내부의 전쟁이야. 독재자를 죽여주면 그다음은 그들끼리 싸우거든. 내전은 살상자를 대량생산해내고 잡아들일 놈이 많아지지.

문형식 사건을 질질 끌면 상사는 겁을 먹게 돼. 인력을 감축하고 사건을 종료하고…

진경준 저보고 하시는 말씀 같습니다.

최성근   여기 있는 사람 한 번씩은 다 해봤을걸.

모두 씁쓸하게 웃는다.

탁재철   차 여사, 여기 와서 같이 한잔합시다.
최성근   그럽시다.

차옥희, 주방에서 나오며…

차옥희   여사는요.
탁재철   옥희 씨라고 할 걸 그랬나.
차옥희   술이나 주세요.

탁재철, 주머니에서 사탕을 꺼낸다.
차옥희에게 준다.

강준희   수작 걸지 마. (차옥희에게) 넘어가면 안 돼.
차옥희   나쁠 거 없네요. 봐주는 사람도 없는데…

최성근, 차옥희에게 술을 따라주며…

최성근   나도 보고 있구만… 섭섭하네.

모두, 웃는다.

차옥희   서 형사님은 안 오시나…

진경준   박 형사가 뵈면 좋을 텐데… 배울 게 많은 분이지.

박소진   지금도 충분히 배우고 있는데요.

진경준   공소시효가 지난 살인사건 용의자를 형사 옷 벗고도 계속 추적하셨지.

박소진   왜 미해결로 남았죠?

차민규   피해자들은 정의가 세워지길 바라지만 범인은 언제나 무죄로 빠져 나갈 준비를 하니까.

진경준   보험설계사도 그놈 쫓아다니느라 한 거죠?

문형식   스스로 멈추지 않는 거야. 범인을 찾기 위해서…

탁재철   글쎄. 그건 모르겠고 다른 건 두 개씩 들라고 하면서 생명보험은 못 들게 해. 범죄 표적이 된다고…

진경준   말 돌리지 마시고요.

강준희   우리가 나올 땐 살아있었어. 경찰 조사에서도 말했어.

진경준, 잔을 비운다.

탁재철   잔이라도 부딪치고 마시지.

다들, 잔을 비운다.

진경준   요즘 교회 다니십니까?

문형식   형사 그만두면서 다녀. 가끔 기부도 하고…

강준희   신도 중에 형사보다 범죄자가 더 많을걸. 죄를 사하여 달라고 기도해야 되니까.

박소진   종교를 찾는 건 정의가 실현되게 해 달라고 할 때고, 떠나는 건 정의가 실현되지 않는 게 현실이라는 걸 알게 돼서죠. 저도 얼마 전까진…

차옥희   피해자들한테 피하지 말라고, 당신 잘못 아니라고, 하지만 말뿐. 세상은 피해자를 숨게 만들어요. 슬픔, 고통, 위로, 측은이 뒤섞이면서 가만두질 않아요. 절대…

차옥희, 잔을 비운다.

차옥희   처음엔 몰랐어요. 사람들의 관심이 얼마나 잔인한 건지… 사건 있고 하루나 지났나. 사람들이 잊어요. 실감 나대요. 이대로 잊히나 싶어 두렵기도 하고… 그러다 며칠 후, 기자가 찾아왔어요. 인터뷰하자고… 고맙다고 했어요. 고마웠죠. 그때는 관심을 받는 게 힘들 줄 알았겠어요. 인생 처음 겪는 일이니 알 리가 없죠. 집 밖으로 나가지도 못하고… 말이 한 번 꼬이면 그걸로 공격하고… 피해자 가족은 우린데…

탁재철   요즘은 뉴스가 돈이라 다 자극적으로 쓰잖아. 모 탤런트 사망. 기사 읽으면 극 중에서…

차민규 범인 검거에 도움이 되려면 언론이 쓰는 것보다 쓰지 않는 걸 잘 해줘야 하는데 말입니다.

문형식 (차민규에게) 차 형사 괜찮아? 안색이 안 좋아.

강준희, 올라오는 구토를 손으로 막고 가게 밖으로 나간다.
차옥희, 따라 나가려고 일어서면.

박소진 제가 갈게요.

박소진, 가게 밖으로 나간다.

차민규 괜찮아…

그들, 차민규를 본다.
진경준도 차민규를 본다.

차민규 영업정지 먹었어.

문형식 얼마나?

차민규 1년.

탁재철 휴가라 생각해.

차옥희 문 닫으라는 소리네.

차민규 탄원서 넣어보려고.

최성근 소용없어.

그들, 최성근을 본다.

최성근　그럴 거라고…

그들 최성근을 본다.

최성근　구제역 때 사슴 다 묻었잖아. 보상받아 봐야 몇 푼이나 돼. 그 땅에서 2년간은 짐승도 못 키워. 거기다 젊은 사람들 누가 녹용 먹나. 비타민 먹지.

문형식　과수나무라도 심어보지.

최성근　키우던 놈들 땅에 묻을 때 생지옥이 따로 없었어. 칫값 치르는 건지 땅이 썩었어. 썩은 물이 땅으로 스며들고 그 물이 흘러서 어디로 가겠어? 그 땅에서 키운 게 온전하겠어? 사람 몸으로 다시 들어가는 거지.

차옥희　끔찍해라.

최성근　그래도 어떡해. 집사람이랑 나 생활비는 벌어야겠고. 자식들한테 손 벌리는 게 그게 되나. 가진 돈이 있나. 애 셋 짝지어주면서 탈탈 털렸지.

탁재철　그래서? 본론은 언제 나와.

최성근　늙으니까 풀 베는 거조차 힘 달리고… 먹고는 살아야겠고…

탁재철　그래서?

최성근　농장 옆에 있는 야산 깎아서 캠핑장 만들었거든. 깎은 것도 아니야. 복숭아 심었는데 싹 죽더라고. 사과도 심었는데. 안 돼. 포크레인 불러다가 나무 밀어내고 이틀 땅 고르고 돌 깔고… 취사장. 화장실 가건물로 세우고. 인부 부르지도 않고… 돈 드니까… 서울 사는 아들놈들 내려와서 며칠 애썼지. 벌금 5백 나왔어. 동네 이장이 신고해서… 늙은이 먹고 살길이 없어서… 그러니 선처 좀 해달라. 나도 형사였다. 평생 법 지키고 살았다. 원래 잡초뿐이었다. 지난해 교통사고 나서 팔 못 쓰게 된 거, 담석 수술한 거까지 구구절절 선처를 호소했는데… 원상복구 시키고 벌금 5백.

차옥희   재판 그거 못 할 거대요. 해보니 그래요. 인생을 뒤집어 놓잖아요.

그들, 술잔을 비운다.

6. 그들은 토해내고 있다

가게 앞, 골목.

강준희, 구토하고

박소진, 강준희의 등을 두드리고 있다.

박소진 약 사다 드려요?

강준희 살려고 하는 거야. 토해내고 났더니 살 거 같네.

그들 사이엔 바람조차 지나가지 않는다.

강준희 결혼 전이지? 형사로만 살지 마. 피폐해져.

박소진 현직 때 해결하신 사건에 대해서 들었습니다. 대단하셨
다고…

강준희 말했잖아. 여자로 강력반에서 살아남으려고 미친 듯이
나쁜 놈 잡았다고…

박소진 점점 냉정해지고 전투 적에, 적대 적에… 사람을 만나면
의심부터 합니다. 형사하고 쭉 그래요.

강준희 좋은 형사가 되어 가는군.

박소진 힘드네요. 심증은 가지만 물증이 없거나 범인이 확실하

지만 잡을 수 없을 때…

강준희   해결되지 않은 사건이 자네의 모든 시간을 통제하게 두
지 마. 망가지지도 말고, 빼앗기지도 말고… 피해자 가족
들과는 가까워지면 안 돼. 죄책감 때문에 일상을 찾을 수
가 없게 되니까.

진경준, 가게 밖으로 나온다.

강준희   (박소진에게) 술에 취해서… 잔소리가 많아졌어.

강준희, 가게 안으로 들어간다.

진경준   무슨 얘기 했어?

박소진   절 데리고 온 이유가 뭡니까? 이해하고 싶은데 그게 잘
안 되네요.

진경준   이해할 수 있는 건 아무것도 없어. 다들 다른 삶은 모르
니까.

박소진   그래도 이해시키려고 노력은 해보세요.

진경준   이해가 가능하다고 믿지? 그런데 이해하지 못하는 걸 인
정할 때, 그때 문제가 풀려.

박소진   절 변명거리로 삼지 마십시오.

진경준   사람에겐 모두 약점이 있다. 형사에게 슬픔은 독이야. 슬
픔은 인간을 무너트리지. 산산조각을 내.

박소진   저더러 어쩌라는 겁니까?

진경준   여기서 소리치지 마.

그들 사이엔 바람조차 지나가지 않는다.

진경준   문 형사님 내가 모시던 분이야. 그분의 다리, 나 때문이
고. 내가 맞았어야 될 칼을 대신 맞으셨지. 그 일로 옷도
벗으셨고… 형사를 천직으로 아셨는데…

박소진   다른 선택을 하시지…

진경준   오랜 삶이 사라졌어. 기억도 추억도 망가졌고… 나도 그
럴 테지… 살다보면… 자네도 그렇고…

박소진   반장님 뜻대로 안 되실 겁니다.

진경준   최고의 질문은 관찰하는 거다.

7. 그들의 술자리는 계속된다

가게 안.

그들의 술자리는 계속되고 있다.

차옥희, 일어서 주방으로 가며…

차옥희   된장찌개가 무슨 일이라고. 금방 돼요.

문형식   (일어서며) 청양고추 송송… 알지?

차옥희   그럼요.

문형식,   물병을 꺼내러 가다가 불편한 다리 탓에 물병을 떨어
트린다.

강준희   나더러 달래지.

강준희, 다가가 떨어진 물병을 치운다.

차옥희   괜찮으세요?

문형식   손이 미끄러워서…

문형식, 바지 앞섶이 젖은 채로 자리로 와서 앉는다.

진경준, 가게 안으로 들어오다가 이 모습을 본다.

진경준, 자리에 앉는다.

강준희   옷 빨이줄 사람도 없으면서…

진경준   요즘도 진통제 드셔야 주무세요?

문형식   익숙해서 아무렇지도 않아.

진경준   사모님은?

문형식   나더러 들어오래. 애들이 호주에서 자리를 잡았거든.

탁재철   가족과 따로 산다는 건 격리된 거야. 기러기 몇 년차야?

문형식   나도 여기 접고 갈까 해.

차민규   다른 곳에서 새로 시작하게? 삶이 여기 다 있잖아.

문형식   불법으로 보조금 지원해줘야 고객도 느는데… 핸드폰
         대리점이라는 게…

탁재철   관리소장도 못 해 먹겠어. 딱 봐도 나보다 어린놈이 반말
         찍찍 해대지.

강준희   아파트 관리가 그렇지. 나랑 문학 교실 다니자. 나름 낭
         만도 있고… 글 쓰다 보면 정화가 돼.

탁재철   머리만 아프지.

문형식   범인을 잡는 건 쉬웠는데 사는 건 어렵네.

최성근   늙어서 그래.

차민규   집사람이 이혼하재.

탁재철   병원에 누워서 벌써 5년이야. 이젠 그만 가지 싶다니까…

문형식 범인 쫓던 우리가 쫓기는 신세가 됐구만… 인생에게…

강준희 지독하고 악랄해.

강준희 국회의원 찾아가 봐. 왜, 문 선배가 데모하다 쫓기던 대학생 잡았는데 봐줬잖아. 그 사람 이번이 3선이라며? 가서 법 좀 제대로 만들라고 해. 살 수 있게끔. 청탁을 넣어보든가. 국회의원 독점 계약.

문형식 됐어. 그게 말이냐?

강준희 웃자고… 웃기라도 해야지. 나름 젊은 날 신념 갖고 좋은 일하며 산 거 같은데 우리 사는 꼴 좀 봐. 이게 뭐야.

문형식 바라고 했어? 형사니까 한 거지. 하는 동안 제대로 했으면 됐어.

차민규 젊은 시절엔 그것 때문에 옷 벗고 싶었어. 대학생 애들 잡자니 마음에 걸리고, 안 잡으면 위에서 난리고…

최성근 잡으면 고문당할 거 뻔하니까.

그들 누구도 말을 하지 않는다.
박소진, 가게 안으로 들어온다.
박소진의 손에는 파일이 들려있다.
박소진, 자리에 앉더니 빠르게 술잔을 연거푸 비운다.

박소진 오염이 묻은 사건은 맡는 게 아니라고 배웠습니다.

진경준 박형사, 말 가려.

강준희 그럼. 제안을 받아들이는 순간 최악이 되는 거지.

탁재철　신참한테는 결정권이 없지.

박소진　부모는 자식을 먼저 보내면 안 됩니다. 저한테 위로 언니가 있었거든요. 시체 안치실에서 제 아버지, 언니를 보고는 무너지셨습니다. 슬픔은 밖에서 와요. 이길 수도 없고⋯ 작아지지도 않아요. 점점 커질 뿐⋯

진경준　박 형사! 박소진!

박소진　자백에 의존한 해결은 가장 빠르지만 뒤집히기도 가장 쉽더군요. 범인이 형을 선고받기 전까지는 끝난 게 아니었는데⋯ 범인은 법정에서도 뒤집히는 건데⋯ 언제든 그럴 수 있는 건데⋯ 그땐 몰랐어요. 범인은 증거 불충분으로 풀려나고 우리 아버진 문틀에 목을 매셨어요. 범인은 언니를 죽이고 아버지를 죽게 하고⋯ 저도 죽었어요. 눈뜰 때마다 아무 일도 없었던 시간으로 돌아가 있길 바랬지만⋯ 죄책감 없이 있을 곳을 찾다 보니 술에 빠졌죠. 미친 듯이 기도도 했고⋯ 분노하는 것밖에 남지 않았을 때⋯ 그때⋯ 범인이 이기게 두지 말자. 더는 망치게 두지 말자. 정의를 위해 범인을 잡자.

강준희　아직 못 잡았군.

박소진　죽었습니다. 진 반장님이, 선배님들한테 보여주신 사건 사진 속 피해자 한 명이 제 언니입니다.

탁재철　(진 반장에게) 이게 이 친구를 데려온 이유야? 우리가 도움이 될까?

최성근　도울 수 없지. 본 게 있어야지. (박소진에게) 지금은 때가

244

안 좋아.

차민규 아니야. 그거.

강준희 그래. 아니야.

문형식 진 반장 뭐야?

박소진 제가 들고 있는 파일엔 여러분의 사진이 있습니다.

강준희 그래. 그래서 조사받았잖아.

진경준 용의 선상에…

박소진 참고인에서 용의자로 신분이 바뀌셨습니다.

강준희 우리 잡으러 왔어?

진경준 다른 뜻 없습니다.

문형식 진짜야? 그런 맘으로 같이 술을 마셨어?

강준희 그럴 수 있지. 같이 있다고 함께 하는 건 아니니까.

차민규 서 형사 올 때까지 기다릴 구실이 필요했겠지.

탁재철 (문형식에게) 어떻게 모를 수 있어?

최성근 형사라고 다 알 수 있을까.

진경준 술 한잔 하고 싶었습니다.

강준희 (진경준에게) 거짓말 지겹지 않아?

탁재철 지겹지. 사건 조사하다 보면 모두가 거짓말을 하잖아. 용의자건 증인이건 하물며 피해자도…

강준희 범인이 잡히지 않으니까 불안했구나. 불안은 의심을 만들고 그다음은 범인을 지목하고, 그럴싸한 이야기로 혐의를 씌우고… 진 반장, 실수하는 거야. 모든 사람이 의심스러워지는 순간, 그때부터는 쫓는 자가 쫓기게 되는 거 몰라.

진경준 술자리에 같이 있던 일행 한 명이 죽었습니다. 사인은 과다출혈로 인한 쇼크사. 현장에 있던 다섯 분 모두 어떤 혈흔도 발견되지 않았습니다.

최성근 우리도 모르는 침입자가 있었겠지.

진경준 일곱 번째 의자의 주인이겠죠. 서 형사님.

차민규 서 형사는 아니야.

진경준 그럼 범인이 이 자리에 있습니까?

문형식 아무 말도 하지 마.

진경준 살인은 시작도 끝도 없어요. 살인만 있을 뿐

문형식 말 섞을 거 없어. (진경준에게) 내 인생에서 넌, 오늘부로 빠져.

강준희 (일어서며) 가자. (진경준에게) 우리의 안식처를 지옥으로 만들어?

진경준 …

강준희 가자고…

그들, 나가려고 하면…

진경준 나가시면 바로 연행되실 겁니다.

최성근 우리 갇힌 거야?

그들 중 누구도 움직이지 않는다.

246

진경준	서 형사님이 오시면…
차민규	올 때까지 덫을 치고 기다려라. 우리가 미끼였군.
진경준	앉으시죠.
탁재철	부탁하는 태도가 아니네.

차옥희, 그들의 자리로 오며…

차옥희	치울게요.
문형식	술판은 깨졌고 이제부터 뭘 할 건가? 심문이라도 할 건가?

차옥희, 음식을 치우며…

차옥희	어떻게 여기서 이런 생각을…
진경준	미안합니다.
차옥희	그 말 저한테는 필요 없어요. 필요한 사람한테 하세요.
박소진	도울게요.
차옥희	필요 없네.

그들, 가게 곳곳에 떨어져 앉는다.

최성근	언제까지 이러고 있어?
탁재철	서 형사가 언제 올 줄 알고.

시간이 흐른다.

강준희 형사 놀이나 합시다. 지루하게 있으니 뭐라도 하자고…
문형식 사건을 보면 사회가 보이지.
강준희 진 형사 그날 무슨 일이 있었는지 알고 싶지?

강준희, 박소진의 어깨를 툭 치며…

강준희 젊은 친구 훈련시킨다 생각하고… 형사답게 만들어 주
자고. 재밌잖아.
최성근 이 친구가 맘에 드나 봐?
차민규 나도 괜찮았어. 감정 쓰는 거만 고치면…
강준희 인생이 흥미롭잖아. 죽은 목사가 언니한테는 가해자였지
만 형사가 되고 보니 피해자가 됐잖아.
박소진 …
탁재철 박 형사는 우리 중에 범인이 있다고 확신하나? 서 형사
가 범인 같아?
박소진 증거가 그렇게 말하고 있습니다.
강준희 난 지금부터 거짓말을 할 거야. 용의 선상에서 벗어나야
하니까.
박소진 말한 게 꼬이면 공격당하실 텐데요.
강준희 그 전에 수사가 먼저 꼬일 걸…
박소진 실수하길 기다리는군요.

최성근　집안 내력도. 과거 행적도 현재도 진범을 가릴 조건은 못
　　　　돼. 통하질 않아. 설명할 수가 없어.

박소진　절대 그럴 거 같지 않은 사람부터 의심해야겠군요.

강준희　감각 있어. 여긴 지금부터 사건이 있던 그날, 사건 현장
　　　　이 되는 거야.

원탁의 테이블, 일곱 개의 의자, 그리고 잭 다니엘…
그들로 인해 가게는 그날의 그곳과 같이 재현된다.

강준희　내가 피해자를 하지. 박 형사는 당연히 내가 되어야겠지.
　　　　우린 보지 못했지만, 진 반장은 그날의 현장에 반드시 있
　　　　었다는 서 형사를 맡고… 그리고 각자… 알아서들…

그들, 원탁 테이블에 둘러앉아 포커를 친다.
문형식, 불편한 다리로 그들에게로 다가와 테이블에 앉으며…

문형식　죄를 지은 놈은 반드시 다른 죄로 덮고 살아. 아주 간단
　　　　한 진리지.

최성근　목자이자 도살자. 변신하고, 흉내를 내다보면 사람들은
　　　　알아채지 못해.

박소진　피해자를 아시는군요.

최성근　모른다고 안 했어. 죽이지 않았다고 했지.

탁재철　우릴 심문하지 마. 여기서는 우리도 피해자니까.

박소진	각자에게 역할을 줬겠죠?
차민규	주어진 건 없어, 우리 중 누구도 원하지 않았으니까.
문형식	살아남기 위한 방법은 상대의 비밀을 아는 거야.
박소진	어떻게요?
문형식	절대 발설은 안 돼. 비밀은 비밀일 때만 가치가 있거든.
진경준	범인을 흔들었겠죠. 불안으로 자신을 드러내게 하려면…
최성근	두려움에 떤 건 우리야. 가장 공평하지 못한 게 그거였어.
강준희	두려움은 건강한 감정이래요. 상담을 받았더니…
진경준	그날 그곳에 간 이유가 뭡니까?
문형식	초대를 받았어. 교회에 기부했거든…
최성근	그때 방문객이 등장해. 방문객이 올지는 몰랐거든. 첫 잔을 채 비우기도 전에 들어왔어.

차옥희, 그들에게로 온다.

차옥희	뭐라고 하죠?
강준희	신이 바빠서 내가 왔다.
차옥희	신이 바빠서 내가 왔네요.
최성근	칼을 들고 있었어.
차옥희	저는 못 하겠네요.
탁재철	내가 하지.

역할극이 시작된다.

탁재철	사람들은 너를 목사라고 부르지만 난 알아. 네가 저지른 살인.
강준희	"주의 뜻을 행할 뿐, 난 아무 짓도 하지 않았소." 그 자식이 그랬을 거라는 거야.
최성근	처음엔 계획된 살인이 아니었겠지.
박소진	언니는 새벽기도를 갔어요.
강준희	이러면 곤란해. 자넨 그 자리에 없었으니까.
박소진	…
강준희	다시 시작하지.
탁재철	"기도실에 들어간 여신도를 신의 뜻이라며 겁탈하려고 했고, 여신도가 도망치자 뒤를 쫓아 죽였어. 재판정은 증거가 너에게 죄를 묻지 못했지. '하나님이 나의 몸을 빌려 너의 몸으로 들어가고자 한다.'는 더러운 욕정을 말로 속이고 육체를 더럽히고, 너의 죄를 함구시키고자 여신도들을 죽였다."
강준희	"나의 죄는 그분께서 대신 대가를 치르셨다. 회개하고 용서를 빌고 구원을 받았다. 지상의 무엇도 내게 죄를 물을 수 없다."
탁재철	"세상이 너에게 죄를 묻지 못한다면 내가 너의 죄를 물어주마. 그래야 세상이 조금은 공평하지."
강준희	"날 죽일 겁니까?" 그러더니 무릎을 꿇더군. 신은 용서했다고…"나의 육신은 주의 것이다." …
진경준	그 말이 끝나자 그가 칼로 찔렀겠죠. "주의 이름으로…"

역할극이 끝난다.

진경준 서 형사님이죠?

강준희 우리 앞에 서 있던 건, 서 형사가 아니야. '기억 동조' 알아? 직접 본 사람을 연결짓게 되는 거.

진경준 거짓말. 진저리가 납니다.

강준희 나 혼자만의 이야기가 아니야. 여기 동료들도 거기 있었다고.

최성근 서 형사는 오지 않았어. 오늘처럼…

진경준 서 형사님이 그 사건을 맡은 게 20년이에요. 퇴직 후에도 쭉 쫓은 거 압니다.

탁재철 숨는 걸 지치게 만들려고.

최성근 범인은 압박을 느끼면 본색을 드러내거든. 궁지에 몰린 개가 물듯이… 다른 뜻은 없었을 거야.

문형식 우린 아무것도 보지 못했어. 빈 의자만 봤을 뿐. 그곳엔 빈 의자만 있었어.

진경준 막았어야죠.

문형식 판사가 증거 불충분으로 풀어주지만 않았어도… 원한을 가진 피해자 가족이 한둘이겠어? (박소진에게) 자네 언니도 그 자식 손에 죽었다며? 죽이고 싶었지? 그 자식이 우리가 아는 죄만 지었을까? 그놈한테 원한이 있는 누군가겠지. 우린 몰라. 보질 못했어.

탁재철 그래도 신고는 했어. 나쁜 놈 잘 죽었다 싶었지만 그래

252

도… 우린 이 사회에서 할 수 있는 일은 다 한 거야.

진경준 살아있었다는 말부터 거짓이군요.

차민규 서 형사는 아니야.

진경준 그럼 누굽니까?

문형식 나쁜 놈 잡아. 형사는 나쁜 놈 잡는 거야. 자네한테 나쁜 놈은 누구야?

그때, 무전이 들어온다.

진경준, 무전을 받는다.

진경준 대기하라고 했잖아. 뭐? 알았어. (박소진에게) 박 형사. 골목 끝… 큰길 나가기 전에. 용의자 차량 발견됐단다.

박소진 네?

진경준 가보라고.

박소진 네.

박소진, 나간다.

강준희 서 형사야?

진경준 오늘 못 오실 거 같습니다.

문형식 살아는 있나?

진경준 골목 초입에… 차에서 번개탄을… 죄송합니다.

문형식 그럴 거 없어. 어차피 끝났어. 검진 결과 나왔거든.

강준희	그냥 뒤도 이달, 못 넘겼을걸…
탁재철	범인을 쫓다가 쫓기는 신세가 되고, 범인을 가두다가 인생에 갇히는 신세라…
최성근	서 형사는 형사였어. 자네가 쫓는 범인이 아니야.
차민규	(진경준에게) 서 형사 집에는 자네가 말하게. 국가를 대신해서… 정중하게…
탁재철	이제 우리 가도 되지?
최성근	기다리던 사람이 못 온다잖아. 있어 뭐해.
차민규	안 올 거면… 말이라도 넣어주지.

강준희, 탁재철, 최성근, 차민규, 가게 밖으로 나간다.

문형식	미안할 거 없다. 죽지 않는 건 없으니까.
진경준	잘한 게 하나도 없는 느낌입니다.
문형식	인생을 살다 보면 건너뛰고 싶은 부분이 생기지. 나도 많다.
진경준	서 형사님이셨습니까?
문형식	공소권은 없어졌군.
진경준	서 형사님입니까?

잠시, 질문한 사람도 질문을 받은 사람도 아무 말이 없다.

문형식	살다 보면 그런 생각이 들어. 우리가 살았던 시간에 일어

난 일은 누가 물려받게 될까. 우리가 남긴 유산…

진경준 죄는 법에 맡기십시오.

문형식 잡아야 끝나지.

진경준 저에게 뭘 원하십니까?

문형식 자네도 정리하면서 살아.

문형식, 나가려는데…

진경준 선배님…

문형식 오늘 너 보는데 내 다리 아깝지 않더라. 형사는 그래야
지. 그게 형사지.

문형식 가게 밖으로 나간다.

8. 빈 의자의 주인은 돌아오지 않았다

가게 안 주방에서… 차옥희가

가게 안 의자에 앉아서… 진경준이

가게 밖 문에 기대서… 문형식이

골목길 가로등 아래서… 강준희가

담장을 붙잡고… 차민규가

골목길 중간 어디쯤에 주저앉아… 최성근이

골목 끝으로 걸어가며… 탁재철이

골목 끝, 서 형사의 죽음을 보면서… 박소진이

각자의 모습으로 비통함을, 허무함을 몸으로 견디고 있다.

경찰 사이렌 소리가 그들의 모습을… 무대를… 뒤덮으며

막이 내린다.

스카프와 나이프

등장인물

스카프 56세
나이프 35세

무대

인천공항 內.
편의점, 선물 코너, 화장실, 탑승객 대기석 등 공항의 모습이어
야 하지만 극에 필요한 정도만 보이면 된다.
공항이라는 공간과 여행객들을 상징하는 다양한 캐리어들이 자
유롭게 놓여 있다.
극이 시작되면
스카프, 등장해서 캐리어 사이에서 자신의 캐리어를 찾는다.
자신의 캐리어를 찾지 못한 스카프는 탑승객 대기석에 앉는다.
수첩과 펜을 꺼내 적으며…

스카프 찾을 수가 없다. 처음부터 가지고 오지 않은 것일까? 누 군가 가지고 간 것일까? 있어야 할 것이 없다는 건 잊었 거나, 잃어버린 것이다… 시간이 묻어 있는 물건에는 기 억이 산다. 오래된 시간은 기억이라는 책장에서 추억을 꺼내게 한다. 오래된 영화가 추억을 달고 오는 것처럼… 오래된 물건을 버리지 못하는 건 시간을 버리지 못하는 거다. 물건을 처음 살 때는 필요에 따라 산다. 어떻게 쓸 것인지, 생각하면서… 쓰다 보면 사연이 붙는다. 사연이 붙기 시작하면 쓰임이 다해도 버리지 못 한다. 시간을 지 우기 위해 버리기도 …

스카프, 수첩을 앞장으로 넘기며…

스카프 뭘 쓰고 있었더라.

나이프, 캐리어를 끌고 등장한다.
캐리어를 세워놓고 스카프의 옆자리에 앉는다.
나이프, 구형 휴대전화를 꺼낸다.
스카프, 나이프의 캐리어가 눈에 들어온다.

스카프 비행기 도착시간… 오늘 날짜… 찾을 수가 없네.

나이프, 통화를 하며…

259

나이프 (통화) 나야. (듣고) 공항. 버릴 시간이 됐어. 이런 걸 정리라
고 하지. 인생은 언제나 괴물이 나타날 준비를 하니까. (듣
고) 망했지만 망한 인생이라도 내가 망가뜨리려고.

스카프. 나이프의 캐리어를 열려고 한다.
나이프, 자신의 트렁크를 만지고 있는 스카프를 발견한다.

나이프 다시 전화할게. (전화를 끊고) 뭐 하는 거예요?
스카프 열리질 않아요.
나이프 내걸 당신이 왜요?
스카프 내 거예요.
나이프 내 거라니까요.
스카프 내건데…
나이프 같아 보이나 본데요.

나이프, 캐리어를 연다.

나이프 보세요.

캐리어를 열자, 도자기 인형, 액자 등의 물건이 쏟아진다.
물건 사이에 칼이 있다.

나이프, 쏟아진 물건을 다시 캐리어에 넣는다.

스카프　여행 가세요?

나이프　공항에 왜 왔겠어요?

스카프, 칼을 집는다.

나이프　그거 제건데요.

스카프, 나이프에게 칼을 건넨다.

나이프, 칼을 주머니에 넣는다.

스카프　갈아입을 옷, 속옷도 챙기고, 세면도구, 화장품, 먹는 약, 읽을 책이라든지…

나이프　없어요. 그러니 이 가방은 당신께 아니라는 거죠.

스카프　보통의 여행용 가방과는 달라서요.

나이프　여행용 가방이 그래요. 사람이 보이죠.

스카프　돌아오지 않을 건가 봐요?

나이프　내 삶이 덕지덕지 묻은 것들이에요.

스카프　내 가방은 어디 있을까요?

나이프　모르죠. 분명한 건 이건 내 가방이라는 거예요.

나이프, 다시 전화를 건다. 통화하며…

나이프　(통화) 나야. 어디까지 얘기했지? (듣고) 원망하면서 죽는 거보다 내가 끝냈다는 게 멋지잖아.

스카프, 수첩을 꺼내 적는다.

스카프 찾을 수가 없다. 처음부터 가지고 오지 않은 것일까? 누군가 가지고 간 것일까? 있어야 할 것이 없다는 건 잊었거나, 잃어버린 것이다.

나이프, 통화중이다.

나이프 (통화) 두려워. 그래도 다행이지. 아직 싸울 힘이 있으니까.

나이프, 나가며…

나이프 (통화) 끝낼 거야. 그리고… 그리곤 떠나야지.

스카프, 나이프가 두고 간 캐리어를 끌고 나간다.
나이프, 다시 등장해서 캐리어를 찾는다.

나이프 찾을 수가 없어. 가지고 오질 않았나? 누가 가지고 갔나? 잃어버린 건가? 잊어버렸나?

나이프, 캐리어를 찾으러 나간다.

항공기 이착륙 안내방송이 흘러나온다.

안내방송 승객 여러분께 안내 말씀드리겠습니다. 대한항공 911편
으로 뉴욕으로 가시는 탑승객께서는 23번 탑승구로 와
주시기 바랍니다.

공항 內에 있는 커피숍.

스카프, 등장해 테이블에 앉는다.

시간을 확인하고는 테이블 위에 스카프를 놓고 화장실로 간다.

스카프가 돌아서는 사이 스카프가 바닥에 떨어진다.

나이프, 등장해서 그 테이블에 앉는다.

나이프 뭐로 할까… 뭐가 좋을까… 뭐로 하지… 진한 게 좋겠지.

나이프, 시간을 확인한다. 가방에서 빨대가 꽂혀있는 소주 팩을
꺼낸다.

소주 팩이 비었다. 가방을 들고 나간다.

화장실에서 돌아온 스카프, 커피를 들고 와 자리에 앉는다.

커피를 마신다.

두고 간 스카프가 생각난 스카프, 두리번거리며 찾다 바닥에 떨
어진 걸 확인하고는 스카프를 집으려고 몸을 숙인다.

나이프, 팩 소주를 사서 들어온다.

나이프　여기 내 자린데…

스카프　(스카프를 집어 먼지를 털며) 내 자린데요.

스카프, 커피를 마신다.

나이프　내 자리라고 했잖아요.

스카프　보통 이런 경우 조금이라도 교양 있는 내가 다른 자리로 옮기면 되겠지만 지금은 그럴 맘이 없어요. 보시다시피 빈자리도 없고, 배설물 같은 그쪽의 개념을 더 하기엔… 내 감정 상태가 견디지 못할 거 같네요.

나이프　내가 뺏기는 걸 싫어해서요. 원래 주인이 나타나면 돌려주는 게 상식 아닌가?

스카프, 나이프가 손에 들고 있는 소주 팩을 보고…

스카프　술 마셨어요?

나이프　안 취했거든요. (계산대에 들리라고) 마실 거 아니에요. 그냥 산 거에요. 여기 외부음식 금지에요.

스카프　우리 만난 적 있나요?

나이프　글쎄요. 기억이…

스카프　낯설지 않은 것들이 꼭 기억에 저장된 건 아닐 수 있죠.

사이.

나이프	빠르펭(parfum) 쓰나 봐요? 디올 쟈도르. 좋아하는 향이 에요.
스카프	향이 생각을 지배하죠.
나이프	감정을 일으키기도 하죠.
스카프	일행 있어요?
나이프	올 거예요. 6시 비행기로…
스카프	같이 앉읍시다. 기다리는 거… 혼자보다 둘이 나을 거 같은데…
나이프	빈자리였어요.
스카프	도서관 책에 주인 있나요? 커피숍 자리도 마찬가지죠. 극장처럼 티켓팅 하는 지정석도 아니고…
나이프	그쪽 커피는 내가 살게요.
스카프	이미 계산했어요.
나이프	한 잔 더 할래요?
스카프	밤에 잠은 자야 하니까 이거면 됐어요.
나이프	다른 것도 있는데…
스카프	괜찮아요.
나이프	호의를 거절한 건 그쪽이에요.

스카프, 나이프를 본다.

| 나이프 | 그러니까. 불편한 이 관계를 우호적으로 바꾸려고 한 제 안을 그쪽이 괜찮다고 한 거라고요. |

스카프   그래요.

나이프   우리… 괜찮은 거죠?

스카프   선택권이 없잖아요. 다른 자리가 없으니…

나이프, 계산대로 간다.

핸드폰이 울리고 스카프, 전화기를 잠시 응시하다가 받는다.

스카프   어. 오랜만이네. (듣고) 들었구나. (듣고) 괜찮아. (듣고) 그
래. 그렇지. (듣고) 아직. 아직 모르겠어. (듣고) 괜찮아. (듣
고) 그래.

나이프, 스카프에게로 다가온다.

스카프   (통화) 잠시만. (나이프에게) 왜요?

나이프   천 원짜리 두 장만… 빌릴 수 있을까요?

스카프, 지갑에서 이천 원을 꺼낸다.

나이프, 돈을 받아 계산대로 간다.

스카프, 통화를 이어간다.

스카프   (통화) 뭐라고 했지? (듣고) 그래. 괜찮다는 말, 네 말처럼
거짓말일 거야. 그렇겠다. (듣고) 그래.

나이프, 커피를 들고 자리로 온다.

나이프, 자리에 앉는다.

스카프　그만 끊자. 일행이 있어서… (듣고) 그래.

스카프, 전화를 끊는다.

나이프　빌린 건 갚을게요.

스카프　괜찮아요.

나이프　(소주 팩을 꺼내며) 마지막 만 원짜리였나 봐요. 이거 산 게.

나이프, 보이지 않게 소주를 커피에 탄다.

나이프　누구 기다리세요?

스카프　아들이요. 유학 갔거든요. 그쪽은요? (시계를 보고는) 6시 비행기라지 않았어요? 2시간 남았는데…

나이프　깰까 봐 마시는 거예요. 멀쩡한 정신으론 못 볼 놈이라…

스카프　나도 좀 줄래요? 맑은 정신이 좀 힘드네요.

나이프　(소주를 따라주며) 저 아는 분도 조기유학 보낸 아들 때문에 속 많이 썩어요. 품에 끼고 키운 자식도 사춘기 되면 말 안 듣잖아요. 고생해서 빚까지 내가며 경제학 공부를 시켰는데 배우 하겠다고 공부 때려치우고 들어왔어요. 10년 공부 물거품 만들고 오디션 보러 다니는데 그것도 재능이 있어야…

스카프   누구 기다려요?

나이프   남편요. 얼마 전까지는… 지금은 모르겠어요.

스카프   헤어진 사람 다시 만나 뭐하게요? '미련 떤다.' 이럴 때 쓰는 말이에요.

나이프   (일어서며) 따로 앉는 게 좋겠네요.

스카프   자리가 없잖아요.

나이프   (가려다 말고) 선생 노릇 할 사람 차고 넘쳐요. 보태지 않으셔도 돼요.

스카프   나도 선생 싫어요.

나이프   …

스카프   시킨 차는 마셔요. 알코올을 섞으니까 블랙잭 같은 게 좋은데…

나이프   (다시 앉으며) 왜들 너도나도 가르치려고 드는지…

스카프   간섭과 충고만큼 어른 노릇 하기 쉬운 것도 없죠. 자신을 위로하기에 적합한 것도 없고…

나이프   다른 사람 인생에 대고 어쩌고, 저쩌고 떠들면서 자기 인생 위로한다. 맘에 꼭 드네. (소주를 탄 커피를 마시며) 물어보고 싶은 게 있어서 그래요. 친구로 돌아가자고 한 게 나를 정말 힘들게 하고 싶어서인지… 친구로 만났거든요, 우리가… 만나다 보니 사랑이 됐고… 사랑하는 만큼 싸우기도 했고…

스카프   여자 생겼군요.

나이프　티가 나요?

스카프　이혼이 쉽지가 않아요. 살면서 이혼 생각 안 하는 부부 몇이나 될까요? 싸우고도 살고, 미워도 살고… 혼자 되는 게 싫어서. 사람한테는 고독 공포증이라는 게 있다잖아요. 그런데 등 돌리는 거 보면 마음 줄 다른 사람 있는 거지.

나이프　여행 갔어요. 모리셔스로. 인도양의 보석이라나… 나도 가자고 했었는데… 동아프리카에 있는 섬이거든요. 바다밖에 볼 거 없다네요. 수영도 하루지. 지루할 거래요. 그 남자가 원래 그래요. 재미없고 심심하고… 그런데 갔어요. 그 여자랑… 서류 한 장 남기고…

스카프　호텔에서 할 일 많을 때니까…

나이프　아들이 엄마 싫어하죠? 말이 찔러요. 피 나겠어.

스카프　…

잠시 침묵.

스카프　그러네요. 생각해 보니까 그래요.

나이프　그렇게 받으면 내가 미안하잖아요.

스카프　잘해라. 잘할 거라 믿는다. 아팠을 거예요. 싫었을 거예요. 잘하고만 사는 거 싫진 않으니까.

나이프　아들이 엄마를 많이 존경하겠어요. 저도 애가 있지만 그러질 못 했어요. 그래서 싫었나 봐요. 아빠랑 살겠다데

요. 첫애라 모든 게 서툴렀죠. 아이를 하나 더 낳을 걸 그
랬나… 그랬으면 달랐을까요?

스카프 잘 못 알아들었어요, 내 말.

나이프 네?

스카프 착한 아들이에요. 큰애 낳고 5년 만에 얻은 아이였어요.
미국 아이비리그 합격해서 주위에서 많이들 부러워도
하고… 어딜 가나 자랑이죠. 참 단정하고 바르고… 잘 웃
고… 잘 웃어서… 잘 웃으니까…

나이프 잘 키우셨네요. 많이들 부러워하겠어요.

스카프 칭찬을 참 많이 했어요. 믿는다는 말도 많이 했고… 또
뭐라고 했더라… 특별하다고도 하고… 언제나 엄만 널
보고 있다. 사랑한다. 고맙다. 또 뭐라고 했더라. 좋아하
는 줄 알았어요. 행복해하는 줄 알았고…

나이프 칭찬은 고래도 춤추게 한다고 하잖아요.

스카프 그러게요. 그런데 왜 우리 아이가 아팠을까요? 많이 아
팠나 봐요. 어디가… 어떻게… 얼마큼… 아팠는지는 모
르겠어요. 말을 하지 않으니까… (사이) 아프면 품으로 파
고들던 아이였는데… 왜 말하지 않았을까요? 왜 말하지
못했을까요?

나이프 다 괜찮을 거예요. 집에 돌아와 쉬고 나면…

스카프 집에 쉬러 온다…

사이.

나이프   사는 거 잘은 아니어도 엉망만 아니면… (소주를 마신다)
제 꼴을 보세요.

스카프   나쁘지 않아요.

나이프   남편한테서 여자가 있다는 걸 알고 집을 나왔어요. 처음
엔 모른 척 했어요. 모르는 걸로 하고 싶었어요. 그런데
남편이 말을 해요. 나올 수밖에 없었죠. 전화 한 통이 없
더군요. 집에 갇혀 살았어요. 삶이 멈춘 거 같았으니까…
남편은 이혼서류 던져놓고 다른 여자랑 여행을 떠났어
요. 너무 웃기죠? 그런 남자를 기다리는 게 첫 외출이라
니…

나이프, 씁쓸한 웃음이 울음으로 변한다.
스카프, 손수건을 내민다.

스카프   여기서 이러는 건 좀…

나이프   세상에서 가장 슬픈 음악이 뭔 줄 알아요?

스카프   …

나이프   결혼 행진곡.

스카프, 웃음이 터진다.

스카프   미안해요.

나이프   (눈물을 닦고 코도 닦으며) 괜찮나 봐요. 결혼 생활이… 비

웃는 거라 해도 어쩔 수 없고…

스카프　절묘해서… 그래서…

나이프　이래서 술이 좋다가도 싫어요. 사람을 되게… 뭐랄까…

스카프　집에다 자신을 가두는 거 가장 몹쓸 짓이에요. 그러지
말지.

나이프　집을 나서지 않으면 돈이 들지 않으니까요. 남편이 줄
돈이 없데요. 한심하죠. 서른다섯이나 됐는데… 없어
요. 아무것도… 자동차에 남은 마지막 기름으로 여기
온 거예요.

스카프　다른 곳으로 가지.

나이프　죽이려고요. 칼도 샀어요.

스카프　술 많이 했나 보네…

나이프　숨을 못 쉬겠어요. 가슴이. 여기가. 체한 것처럼… 그놈
죽이면 확 뚫릴 거 같아요. 여기가…

나이프, 깊은 호흡을 한다.

나이프　목을 맬까 생각도 했지만… 마땅한 곳을 못 찾았어요. 천
장이 낮아서 매달릴 만한 곳이 있어야죠.

스카프　자기 키보다 높은 곳에 목을 매달 확률은 십 분의 일도
안 되는 거 알아요? 욱하는 심정에 문고리나 창틀에 목
을 매는 거지. 근데 15초에서 20초 안에 의식을 잃고 뇌
사 상태가 되고… '잘 있어. 다들 잘 있어.' 마음으로 인

사 몇 마디 건네는 시간이 3분이나 4분… 그리곤 심장이 멈추는 거죠. 정말 죽으려고 목을 매는 사람은 없데요. 그렇게 빨리 끝날 줄 몰랐던 것일 뿐… 진짜 죽고 싶었어요?

나이프   의사세요?

스카프   아니요. 알게 됐어요. 우연히…

나이프   알아봤네, 뭘. 인터넷으로…? 숨길 거 없어요. 살면서 죽고 싶다. 어떻게 죽을까. 해볼 수 있는 생각이에요.

스카프   나 좀 봐 달라고 말하고 싶었던 거죠. 나 좀 봐 달라고…

나이프   … 맞아요.

스카프   … 맞아요.

스카프, 차를 마신다.
나이프도 차를 마신다.

스카프   밥 먹었어요?

나이프   사줄 거면 술 사주세요.

스카프와 나이프, 일어서 나간다.
안내방송이 흘러나온다.

안내방송   승객 여러분께 안내 말씀드리겠습니다. 터키로 가는 셀타 항공 232편의 출발 게이트가 변경되었습니다. 터키로 가시는 탑승객은 31번 게이트에서 탑승하겠습니다.

공항 內 식당에 마주 앉은 스카프와 나이프.
밥을 먹는 두 사람.

나이프 국물이 뜨끈한 게 좋네요. 빈속에 마셨더니…

스카프 나이 생각해요.

나이프 기분 좋네요. 오랜만에 잔소리 듣는 거 같아서. 엄마 돌아가시니까 잔소리도 귀해지더라고요.

스카프 엄마가 인생에서 사라지면 그리워지는 게 많아지죠.

나이프 김치. 방법을 같이해도 그 맛은 따라 할 수가 없어요.

스카프 시간이 좀 더 흐르면 그리움이 남아도 그 맛은 잊게 될 거예요.

나이프 그랬어요?

스카프 엄마 떠나고 남은 김장김치를 냉동실에 넣었거든요.

나이프 나도 그랬는데… 아까워서 지금도 못 먹어요.

스카프 살다가 내 편이 필요하다는 생각이 들면 먹어요. 난 김치 죽 끓여 먹었어요.

나이프 언제요?

스카프 원망하면서 죽는 거보다 내가 끝내는 게 멋지다고 생각했을 때… 아직 싸울 힘이 남아서 다행이라고 생각했을 때…

말없이 밥을 먹는 두 사람.

스카프 술 자주 해요?

나이프 잠도 자야하고, 시간도 보내야 하고, 생각도 지워야 하고… 웃음도 나고, 눈물도 나고… 외롭지 않으려고… 왜요? 술 하게요?

스카프 그럴 때가 있잖아요.

나이프 다른 방법 찾아보세요. 해봐서 아는데 누구한테 권할 건 못돼요.

스카프 나도 그랬는데… 생각은 바뀌는 거니까.

스카프, 주변을 둘러보며…

스카프 사람들의 캐리어 안에는 뭐가 있을까…

나이프 뻔하죠. 옷, 화장품…

스카프 그 사람이 보일 거 같아. 여행 가방을 보면…

나이프 그게 왜 궁금해요?

스카프 여행 갈 때 뭐 챙겨요? 사람들 꼭 물어보잖아요? 혼자 여행 갈 때 가지고 가고 싶은 거, 무인도 갈 때 가지고 가고 싶은 거…

나이프 혼자 여행은 안 가봐서 모르겠고… 무인도 갈 땐 살아남는데 필요한 거 가져가야죠. 생존과 관련 없는 물건을 가져가겠다는 건 사기라고 봐요. 실제로 일어나지 않을 걸 아니까…

스카프　그래도 음악은 가져가야지 않나… 책이라든지…

나이프　사람을 알고 싶으면 '당신을 알고 싶어요'라고 묻는 게 깔끔하지 않아요?

스카프　모르는 사람과 대화를 나누는 게… 해본 적 없는 거라…

나이프　우리도 모르는 사이에요.

스카프　그러네요.

나이프　콜센터에 전화한 적 있어요. 보험상담사와 2시간 동안 통화한 적도 있고요. 말이 너무 하고 싶어서… 그럴 때 있잖아요?

스카프　그런 말 말고… 말하기 쉽지 않은 말 같은 거…

나이프　남편 욕도 하고, 사는 얘기 하고… 상담사도 쌓인 게 많았는지 주거니 받거니… 얼마나 편해요. 모르는 사이니까… 다시 만나지 않을 거니까…

스카프의 핸드폰이 울린다.

스카프　(받고) 그래. (듣고) 오고 있어? (듣고) 네 마음은 아는데… (듣고) 알지. (듣고) 그래. 전화할게.

스카프, 전화를 끊는다.

나이프　아들이 안 온데요? 비행기 안 탔데요?

스카프 큰 애요. 공항으로 오기로 했는데 급한 일이 생겼다네요. 집에서 보자고요.

나이프 (밥을 먹으며) 마음이 없네.

스카프 …

나이프 오기 싫은 거예요. 안 오는 거예요. '못 한다. 못 온다.'는 '안 한다. 안 오겠다.'는 거예요. 모든 일이 그렇잖아요. 우선순위가 있어요. 마음이 있어 봐, 몸이 움직이지.

스카프 …

나이프 기분 상했어요? 아들한테 좋은 말 안 해서?

스카프 나쁜 놈.

나이프 (웃으며) 멋지다.

스카프 잘 못 키웠어. 잘 못 키운 거야.

나이프 (수저를 놓으며) 그렇게까지… 내가 그래요. 굳이 하지 않아도 되는 말을…

스카프 가르쳐야 했어요.

나이프 나이 들면 자책만 늘어요. 그거 별로야.

스카프 이런 날은 와야지. 지 동생이 오는데…

나이프 나보단 나아요. 우리 아들은 전화도 없어요. 내가 죽었는지 살았는지 관심이 없어.

스카프 뭐라 하겠어. 아빠가 다른 여자랑 결혼한다고 할 거야, 아님, 못 지내는 거 뻔히 아는데 잘 지낸다는 거짓말을 들을 거야. 엄마가 못 지낸다, 솔직하게 말하면… 그 말 들으면? 그다음은 더 복잡해지죠.

나이프 결혼하고 애가 안 들어서서 애 많이 썼거든요. 그땐 애만 가지면 세상에 걱정이 없을 거 같았는데… 낳았을 땐 얼마나 좋았게요.

스카프 감당할 만큼만 감당하고 살게 해줘요. 살아봐서 알잖아요.

나이프 나보다 언니죠?

스카프 아마도.

나이프 말 편하게 하세요.

스카프 글쎄요.

나이프 까다롭구나. 근데 알아요. 중간중간 말 놓고 있는 거?

스카프 불편했어요?

나이프 그 말 아닌데… 인생 배워볼까 하고요.

스카프 안 되겠네. 인생 가르치는 거 안 하고 싶은데…

나이프 듣기에 훨씬 편하네. 좋잖아요. 우리 가까운 사이 맞죠? 커피 마시고, 술도 먹었고, 밥도 먹고…

스카프 낯선 사이보다는 좋겠지만 인생은 배우지 마.

나이프 왜요? 난 언니가 맘에 드는데…

스카프 제대로 하는 게 없어. 안전하다는 말 알지? 삶이 내겐 그랬어. 안전하다. 그게 다였어. 위험한 건 해보지 않았으니까. 위험한 건 하지 않으면 그만이고, 피하면 그만이니까. 그래도 살아졌으니까. 비겁자.

나이프 용기가 있었으면 뭘 했을 건데요?

사이.

스카프 날 모르는 사람이랑 내 얘길 하게 될 줄은 몰랐어. 날 모르는 사람이라 말 할 수 있었는지도 모르지만…

나이프 그건 이미 했고… 또요?

사이.

스카프 인생이 티끌처럼 가벼워졌으면 좋겠어. 얼마나 살아야 삶에 훈련이 되는지…

나이프 어떤 작가가 그랬어요. 히말라야에 가면 삶은 티끌이라고…

스카프 히말라야?

나이프 '히말라야 자체가 영원의 다른 이름이다. 삶은 욕망의 감옥인데, 히말라야는 욕망의 감옥에서 벗어나 걸을 수 있게 한다. - 박범신의 『히말라야가 내게 가르쳐 준 것』중에서 -' 내 기억으론 그래요.

스카프 히말라야…

나이프 가볼래요?

스카프 가면… 진짜 가벼워질까?

나이프 혹시 야크 아세요? 티베트 고원에 산다는… TV에서 봤는데 뭐랄까… 강한 어떤 생명력… 혹독함을 견디는 삶을 보는 거 같다고나 할까. 우리 보러 갈래요? 히말라야에 가면 볼 수 있데요.

스카프　히말라야…

나이프　잠깐 쉬자고요.

스카프　언제?

나이프　글쎄요. 그건…

스카프　나, 여권 안 가져왔는데…

나이프　아… 여권.

스카프　그래. 걱정할 거 없다. 영사 민원서비스센터가 있어서 여권 발급신청하면 돼. 항공권은 사면 되고 사진도 찍으면 되고… 지난번에 분실을 해서 급하게 발급받았어.

나이프　진짜 가게요?

스카프　(잠시) 안 되겠지?

나이프　기다려야 하잖아요.

스카프　그래. 기다려야지.

스카프의 핸드폰이 울린다.

스카프, 울리는 핸드폰을 바라보기만 한다.

나이프　받아요.

스카프　(받고) 네. (듣고) 네. (듣고) 그래요. (듣고) 그럼요. (듣고) 마음 써주셔서 고맙습니다.

스카프, 전화를 끊는다.

나이프　통화하기 싫은 사람이었나 봐요?

스카프, 자리에서 일어서 나간다.

나이프　왜 그래요? 밥 안 먹어요?

나이프, 따라 나간다.
안내방송이 들린다.

안내방송　승객 여러분께 안내 말씀드리겠습니다. 도쿄로 가는 아
시아나항공 291편이 취소되었습니다. 291편 승객께서
는 짐을 찾아서 집으로 돌아가시기 바랍니다.

공항 內에 있는 흡연 구역.
스카프와 나이프, 담배를 피운다.

나이프　담배 피워요?
스카프　보고 있잖아.
나이프　요즘은 온통 금연구역이라 담배도 편하게 피울 자유가
없어요.
스카프　살면서 누릴 수 있는 자유가 몇 개나 될까.
나이프　맞아요. 자유민주주의 국가에서 사는 게 맞나 싶다니
까요.

담배 연기만 공기를 가른다.

나이프　우리 은근 통해요.

스카프　…

나이프　오랜만이에요. 통하는 사람이랑 시간 보내는 거.

스카프　…

스카프의 핸드폰이 울린다.

나이프　찾는 사람이 많네요.

스카프, 받지 않고 끊는다.

나이프　화났어요?

스카프　끔찍해서. 고맙다고 하는 게.

나이프　안 하면 되잖아요.

스카프　작정하고 좋은 사람 되겠다고 전화해서 안부 묻는데 뭐라 해.

나이프　무서울 게 뭐 있어요.

스카프　그럴 줄 알았는데 눈치 볼 게 점점 많아져.

스카프, 담배를 끄고 나간다.

나이프, 담배를 끄고 따라 나가며…

나이프 많아지는 게 그것만일까요? 외로움, 섭섭함… 욱. 요즘은 욱하는 것도 많아져요.

스카프 (무대 밖에서) 비밀도 많아져.

안내방송이 들린다.

안내방송 승객 여러분께 안내 말씀드리겠습니다. 인천에서 밴쿠버로 가는 에어캐나다 AC064편이 활주로 상황으로 지연되고 있습니다. 이용에 불편을 드려 죄송합니다.

공항 內 화장실
화장실 칸에서 나오는 스카프, 손을 씻으려는데…
화장실 칸에서 나이프…

나이프 언니! 언니 있어요?

스카프 왜?

나이프 비치된 생리대 있어요?

스카프 어. 줘?

나이프 네.

스카프, 생리대를 나이프에게 준다.
스카프, 손을 씻는다. 가방에서 향수 꺼내 뿌린다.
나이프, 나온다.

283

나이프 귀찮아. 언제쯤 끝나려는지…

나이프, 비치된 생리대를 몇 개 더 챙긴다.

스카프 늦을수록 좋아.
나이프 끝났어요? 좋겠다.
스카프 끝나면 여기저기 아파.
나이프 지금도 아파요. 여자들이 생리대 값으로 쓰는 돈만 해도 계산하면 몇 백은 될걸요. 여자들부터 생각을 바꿔야 해요. 생리가 끝나는 게 왜 여성성의 종말이냐고요.

나이프, 손을 씻으며…

나이프 여자는 그냥 여자. 남자는… 개새끼.

손을 씻던 나이프, 거울을 본다.

나이프 참 다르다.
스카프 뭐가?
나이프 언니랑 나요. 내 꼴이 그렇잖아요. (앞섶에 묻은 김칫국물을 보고는) 이건 언제 묻었대… 미용실이라도 갔다 올 걸 그랬나… 오해하지는 말아요. 이뻐 보이려는 게 아니라 초라해 보여서 그런 거니까. 집이라도 갔다 올까… (시간을

확인한다) 안 되겠네. (눈곱도 떼고 입가도 닦고 손으로 머리도
빗으며) 미친년 같죠? 그렇게 봤겠네. 딱 미친년이네. 거
울이라도 한 번 보고 나올걸.

스카프 가자. 쇼핑도 하고… 여기 호텔도 있어. 방 빌려서 씻고
화장도 하고.

나이프 언니가 왜요? 갚을 수 있을 거라 장담도 못 해요.

스카프 난 돈이 있고, 넌 돈이 필요하고… 그러면 되지 않아.

나이프 그러지 마요. 신세 지는 것도 어릴 때나 하는 거지, 이 나
이에…

스카프 지금 내 제안을 받아들이지 않으면 기다리는 내내 우울
할 거야. 남편을 만나도…

나이프 개자식요.

스카프 그래. 그것도 남의 남자가 된 개자식. 괜찮겠냐고? 그 앞
에서 초라한 자신을 견딜 수 있겠냐고?

나이프 술이 깨서 그래요. 알코올이 들어가면 다시 회복될 거
예요.

스카프 술은 언제나 깨. 멀쩡한 정신으로 다시 생각해도 멋지게
해. 어차피 할 복수.

나이프 …

스카프 뭐라도 하자. 기다리는 모습은 여럿일 수 있으니까.

나이프 사람이 경우가 있지…

스카프 진작에 버린 줄 알았는데 갑자기 경우를 왜?

나이프 불우이웃돕기예요?

스카프   불우한 걸 따지면 나도 만만치 않아.

나이프   그래도 그게…

스카프   버린 거엔 미련을 두지 마. 시간 없어

스카프, 나이프의 손을 끌고 나간다.
안내방송이 들린다.

안내방송   승객 여러분께 안내 말씀드리겠습니다. 호주 케언스 직
항을 이용하시는 진에어 탑승객들은 39번 탑승구로 와
주시기 바랍니다. 케언스는 세계에서 가장 맑고 거대한
산호 군락지 그레이트 배리어 리프가 있는 곳입니다. 쿠
란다 국립공원의 열대우림도 눈에 담아 오시고 코알라
를 만나거든 인증사진도 잊지 마십시오.

공항 內, 호텔 방.
스카프, 휴대전화에서 음악을 검색하며…

스카프   그 노래 알아?

나이프   (무대 밖에서) 어떤 거요?

스카프   유명한 노랜데…

나이프   (무대 밖에서) 몰라요. 그렇게 말하면 모르죠.

스카프   분위기 있는 노랜데… 뭐였더라… 이건 아니고… 그
게… 이거다.

스카프, 버튼을 누르면 분위기 있는 노래가 휴대전화에서 흐른다.

Kelly Clarkson의 [Because of you]

옷을 갈아입은 나이프, 나온다.

나이프 사이즈가 달라진 줄도 몰랐네.

스카프 마음에 들어?

나이프 (거울을 보며) 어색하긴 해요. 그래도 나름 괜찮지 않아요?

스카프 화장이…

나이프 이상해요? 괜찮은데…

스카프 진심이야?

나이프 오랜만에 해서 그런가…

스카프 너무 진해.

나이프 딱 좋아요. 쎄 보이고… 잘 나가 보이죠?

스카프 결혼은 어쩌다…?

나이프 노래가 슬퍼. 바꿉시다. 기분 전환. 좋죠?

스카프의 휴대전화를 받아 노래를 바꾼다.

탱고 음악이 흐르고 음악에 따라 춤을 추는 나이프.

나이프, 스카프와 탱고를 춘다.

음악이 끝나고…

나이프 내가 먼저 따라다녔어요.

나이프, 칼을 꺼낸다.

스카프   그거 쓸 거야?

나이프   뭐요? 칼요? 그럼요. 그 자식 인생 끝내고… 그러면 내
인생도 정리되겠죠. 그러고 나서 새로 시작하는 거예요.
깔끔하게…

스카프   처음엔 좋았을 거 아니야.

나이프   그 사람 엄마는 나더러 미쳤다고 했어요.

스카프   시집살이했겠네.

나이프   반대예요. 같이 사는 내내 '미안하다, 고맙다.' 입에 달고
사셨어요. 그 자식이 그랬거든요. 가진 것도 없고 슬픔이
일상이었던… 결혼하고도 배우 한답시고… 애들 가르치
는 일 했어요. 학원이었지만… 결혼하고는 학습지 교사,
보험설계사, 카드 상담원 등등… 안 해본 게 없어요. 덕
분에…

스카프   그래서 일하기 싫었구나. 너무 열심히 살면 아무것도 안
하고 싶지.

나이프   나쁜 놈. 지금 그만큼 사는 게 누구 덕인데… 덥죠? 아휴
더워.

스카프   갱년기라 그래.

나이프   갱년기가 아니라 화난 거예요. 분노. 정당한 몸의 반응.
또 술 생각나네.

스카프   위자료라도 잘 받지.

288

나이프 그랬으면 덜 억울했을까요? 그랬으면 그 자식한테 준, 내 인생이 보상됐을까요?

스카프 인생은 투자한 만큼 돌아오지 않지.

나이프 첫 관계 갖고 그러데요. '책임질게.' 그때 말했어야 해. '네가 뭔데 나를 책임져.' 그 말 못 한 거 평생 후회해요.

스카프 그땐 진심이었겠지.

나이프 감정을 뺄 거면 신호라도 주던가. 차선 바꿀 때도 깜빡이 켜잖아요.

스카프 보냈을 거야. 알아채지 못했거나…

나이프 무시했거나. 그랬던 거 같아요. 많이 싸웠거든요. 지독하게…

사이.

스카프 자존심 때문은 아니었지?

나이프 사업한다고 일 벌였다가…

스카프 주려고 해도 없었구나.

나이프 거짓말. 나한테만 돈 없다고 했어요, 그 개자식이.

스카프 개자식.

서로 웃는 두 사람.

나이프 나중에 알았어요.

스카프 약 오르고 그러다 비참해지고 또 그러다 자괴감 들고…
정상이네. 돌만 하다고.

나이프 진짜 화나는 건 살 섞고 산 놈이 형편이 없어도 너무 없
다는 거. 그거보다 억울한 건 추억이 없다는 거.

스카프 추억이 많으면 슬픔만 커.

나이프 속앓이 혼자 하다 속병 나서 죽느니 화라도 내자. 화를
내도 제대로 내자. 화가 난 상대에게 정확히.

스카프 멋지다.

나이프 내가요?

스카프의 휴대전화가 울린다.

스카프, 전화를 받는다.

스카프 어. (듣고) 괜찮아. (듣고) 아직 도착 안 했어. (듣고) 시간이
안 됐으니까. (듣고) 그럴 거 없어. (듣고) 전화면 됐지. 윤경
이도 전화줬고… (듣고) 네가 여길 왜 와. (듣고) 괜찮다고
했잖아. (듣고) 그래. 안 괜찮다. 됐니? 너라면 괜찮겠어?
이젠 속이 시원하니? (듣고) 성의? 내가 성의를 모른다고?
너 적선하니? 그래 친구가 적선해 준 성의, 잘 받았다. 전
화 넘치게 받았으니까, 이젠 전화 하지 마.

나이프 언니 뭐야? 까칠하긴 해도 세상 순해 보이더니 화도 잘
내네. 잘했어요. 화나면 질러요.

스카프, 휴대전화로 Kelly Clarkson의 [Because of you]를 튼다.

스카프 실수를 반복하지 않을 거래. 허락하지 않을 거래. 가슴이
너무 고통스러워서… 당신처럼 살지 않을 거예요. 나쁜
길로 빠지지 않을 거라고… 아무도 믿을 수가 없다고…
너무 두려웠나 봐. 길을 잃었다고… 저를 질책하고 그런
데도 울지 않겠데. 매일 거짓 웃음을 짓고 마음을 숨기고
그러니 산산조각이 났겠지. (눈물을 누르며) 우리 아들이
마지막으로 나한테 보내 준 노래야. 가사가 자기 마음을
담기에 꼭 맞았나 봐. 입으로는 못 하는 말, 전하고는 싶
었나 봐.

나이프 유학 갔다는 아들이 잘 못 되거나 그런 건 아니죠?

스카프 …

나이프 말해요. 들어 줄게요. 우리 모르는 사이잖아요. 어차피
몇 시간 후면 각자의 인생에서 퇴장해줄 텐데… 말하고
나면 쉬워져요.

스카프 심장마비래. 사인은 약물 과다 복용. 옥시콘틴 알아? 마
약성 진통제라던데… 암환자들이 쓰는…

나이프 글쎄요.

스카프 나도 이번에 알았어.

나이프 검색하면…

스카프 옥시콘틴이 그렇데. 활성 성분이 서서히 방출되는 지속
성 약품이라 부셔서 먹어도 안 되고… 아편의 알칼로이

드인 테바인에서 추출한 물질이래. 모르핀만큼 강력하고… 계속 복용하면 빠르게 내성도 생기고, 복용을 중단하면 금단현상이 심해서… 마약 중독자들도 효과를 보려고 가루를 내서 먹는데. 그런데 그러면 성분이 신경계를 압도해서 심장이 멈춰 버릴 수도 있데.

나이프 그래서 암 환자가 통증을 견디려고… 고통이 심하니까…

스카프 그랬겠지. 고통을 잊으려고…

나이프 저희 엄마가 병석에서 돌아가셔서 조금 아는데요. 진통제가 그렇더라구요. 통증이 있거나, 없거나 하루도 거르지 않고 정해진 시간에 먹어야 해요. 진통이 있을 때만 먹으면 문제가 생길 수 있데요. 그리고 보면 죽음이란 건 감각이 정지되는 거예요. 자각 기능들이 속는 거지만.

스카프 우리 아들이 그걸 먹었어요. 여러 번… 그것도 자주… 그랬데요, 내 아들이… 착하고 바르고 잘 웃던 내 아들이…

나이프 엄마가 병상에 누워서 그래요. 내가 아파서 다행이다. 젊은 네가 아팠으면 50년간 믿었던 하느님 욕하면서 죽을 뻔했다. 부모 마음이 그렇지. 언니 힘들었겠다.

스카프 구분은 되겠지. 환자가 고통을 느끼면 그 통증이 병 때문인지, 아니면 다른 이유 때문인지 구분은 할 수 있겠지.

나이프 알아도 잡기 힘든 게 통증이라잖아요. 적절한 약물로 고통을 줄일 뿐이죠.

스카프 냄새… 냄새를 참을 수가 없어서… 우리 아들한테서 냄새가 났었나봐. 무슨 냄새였을까. 무슨 냄새길래… 모두 아들 옆자리를 싫어했을까…

나이프 설마…

스카프 혼자서 갔어. 혼자서… 무서웠을 텐데…

나이프, 스카프의 등을 쓸어내린다.
스카프, 울음을 터트린다.
나이프, 손수건을 건넨다.

나이프 언니한테 빌린 거 이렇게 돌려주네요.

스카프, 손수건을 받아 눈물을 닦는다

스카프 몸 안에서 삶이 다 빠져나간 거 같아.

사이.

나이프 말을 못 찾겠어요. 제가 그래요. 위로도 잘하지 못하고…

스카프 아들 소식을 듣고 남편만 갔어. 가면서 아무한테도 아직
은 아무한테도 말하지 말라고… 그 말만 하더라. 그 말이
없었어도 말하지 않았을 거야. 왜냐고 물으면 뭐라고 해.
나도 모르는데… 어떻게 엄마가 몰랐냐고 그렇게 물으
면… 아… 난 죄를 지었어. 아이를 놓친 죄. 결혼하고 22

년을 키웠는데 그걸 잃었어. 아… 아…

나이프 죽이거나 죽거나 아니면… 살거나… 어떻게 살까요? 어떻게 살고 싶은지 생각해 본 지가 오래예요. 그 오래전엔… 알았던 것도 같은데… 알긴 했는지…

스카프 사람들이 자꾸 나를 보니까… 뭔가 해야 할 거 같은데… 아무것도… 아무것도 못 하겠어. 울어야 하는 건지… 쓰러져야 하는 건지… 내게 일어난 일이 진짜이긴 한 건지… 사람들이 자꾸만 저보고 어떻게 그럴 수 있냐고… 정말 어떻게 해야 할지 모르겠는데… 자꾸만 사람들이 저더러 괜찮냐고 물어. 뭐라고 해야 하나? 차라리 선생이 있었으면 좋겠어. 어떻게 하는 건지 가르쳐 줬으면 좋겠어.

나이프 엄마가 아프지 않았다면 그래서 병원을 지키지 않아도 됐다면 배우가 됐을 거예요. 피아니스트가 됐을지도 모르고요.

스카프 꿈을 버린 거야?

나이프 살면서 포기한 거 없어요?

스카프 있지. 그게 사는 건 줄 알았으니까. 허락된 만큼 욕심내는 거.

나이프 그런 생각이 들더라고요. 진짜 엄마 때문일까? 처음 해 봤어요. 의심하지 않았거든요. 적어도 내 꿈을 포기한 게 나 때문은 아니어야죠.

스카프 살고 싶은 삶이 있었지. 그런데 살지 못했어. 아니 사는

줄 알았지. 내 선택이 나를 만든 거니까. 내 안의 목소리
는 다른 말을 했는지도 몰라. 들렸다 해도 어떻게 해야
할지 몰랐을 거야.

나이프   열 살 때, 동생이랑 길을 가는데 차가 와서 동생을 쳤어
요. 후진하던 차가 동생을 못 본 거예요. 괜찮냐고 묻고
싶었지만 쓰러져 있는데 어떻게 그렇게 물어요. 엄마가
절 때리면서 왜 보고만 있냐고… 다친 거 안 보이냐고…
그땐 정말 보는 거 말곤 어떻게 해야 할지를 몰랐어요.
놀래서 그래요. 너무 놀라서… 이 일이 벌어지긴 한 건지
상상인지… 모를 만큼 놀라서… 그때 동생이 잘 못 됐으
면 평생 죄인으로 살았을 거 같아요. 그 이후로도 어떤
일이 벌어질 때마다… 모르겠어요, 어떻게 반응을 해야
할지. 그거 다 아는 사람 몇 명이나 될까요? 인생은 내
바람과 항상 비켜서는데… 내가 준비한 거랑 다르게 흘
러가는데…

스카프   그릇을 깨버렸어. 진열된 접시 10인조 세트…

나이프   난 이해해요. 부수는 즐거움이 있거든요.

스카프   정리된 집이 싫었어.

나이프   싫죠.

스카프   10살 넘고부터는 나이를 잊은 거 같아. 스무 살, 서른, 마
흔, 오십, 육십이 되도 그러려나… 칠십에도 팔십에도 쭉
그럴걸.

나이프   늙는 거 자각해서 뭐하게요? 눈이 흐려지죠. 먹을 때는

왜 그리 흘리는지… 앉았다 일어설 때 뼈마디는 삐거덕
거리지, 식곤증도 사계절 달고 살아요. 몸무게는 같은
데 허리 안 맞는 거 알죠? 뼈는 뒤틀어지고, 피부는 처지
고… 귀도 안 들리고…

스카프　그건 듣고 싶은 대로 해석하니까…

나이프　상처가 나도 잘 아물질 않아. 감기 걸려도 예전보다 회복
도 더디고. 나이 든 여자, 별로예요. 남자도 싫다잖아요.
남자뿐인가, 애들도 싫어해요.

스카프　별다를 게 없었어. 학교 다닐 나이에 학교 다니고, 결혼할
나이에 결혼하고… 애 낳고, 키우고… 흐트러진 옷 있으
면 정리하고, 때 되면 밥 먹고, 해지면 자고 뜨면 일어나
고… TV도 봤고… 내 인생에서 제일 많이 한 것들이야.

나이프　그게 다는 아닐 거예요. 뭔가 있었겠죠.

스카프　뭔가 하긴 했는데 왜 했는지 이유가 떠오르질 않아. 떠오
르긴 하는데 추상적이야. 억지로 의미를 부여하지 않고
는 의미가 없어. 아무 의미도 없어. 허무한 건 아닌데 아
무 의미도 모르겠어.

나이프　이유 알아 뭐하게요? 지난 시간의 일은 살아내기 위한
몸부림이었고, 최선이었어요. 우리 그랬을 거예요.

스카프　그랬을까…

사이.

나이프　커피 할래요? 시원한 거라도…

스카프　술 하자. 술이 깬다.

나이프　그래요.

나이프, 일어서 벗어둔 옷을 챙기려다 내려놓는다.

스카프　왜?

나이프　버릴래요.

나이프, 나간다.

스카프, 나간다.

안내방송이 들린다.

안내방송　승객 여러분께 안내 말씀드리겠습니다. 인천에서 파리로 가는 에어프랑스 KE5901편을 이용하실 승객께서는 31번 탑승구로 와 주시기 바랍니다.

공항 內 대기석

스카프와 나이프, 나란히 앉아 팩 소주를 마시고 있다.

나이프　회전목마, 롤러코스터 어떤 거 타세요?

스카프　안 타. 그건 왜 물어?

나이프　누가 묻더라고요. 회전목마처럼 지루하지만 안전한 인생

이 좋으냐, 롤로코스터처럼 위험하지만 짜릿한 인생이
좋으냐고요.

스카프 뭐라고 답했어? 회전목마, 롤러코스터?

나이프 회전목마 타고 있을 땐 롤러코스터가 타고 싶고, 인생이
롤리코스터가 되면 회전목마가 타고 싶을 줄 알았거든요.

스카프 그러겠지.

나이프 그런데 아니더라고요. 롤러코스터를 한 번 타보니까 탈
만 하다 싶어요.

스카프 안 해서 그렇지 해보면 별거 아니다. 그런 말이야?

나이프 대충… 뭐… 그런…

스카프 그러게. 속에 있는 말 꺼내 놓으면 모든 게 끝장날 줄 알
았는데, 완벽하게 솔직해져 보니까 상쾌해.

나이프 알코올 덕분일 수도…

스카프 술은… 사실을 말하자면 난 별로야. 머리만 아파.

나이프 언니 재미없게 살았죠? 술도 못 해. 아까 담배 피울 줄
안다더니 한번 피고는 그대로 버리드만…

스카프 한동안 하지 않았거든.

나이프 맑은 정신으로 살아도 충분했겠죠? 언니 딱 봐도 아니,
멀리서 봐도 아무 문제없이 산 세월이 보여요.

스카프 그런 인생이 있을까?

나이프 시각인지가 중요하다는 거 알죠? 우리가 배운 학습법이
그래요. 정답을 가르쳐 주며 가르치죠. 무한 반복으로…
그런데 알고 있던 거와 다른 상황이나 특징과 마주하면

해석을 못 해요. 다시금 인식하고 회로를 만들어야 해석이 가능한 거죠.

스카프   그래서들 가르치고 지적하지. 가르치지 말고 그냥 봐주고 싶은데, 나부터도 그게 안 되는 거 보면… 난 매일 인생 앞에서 지적을 당했던 거 같아. 이렇게 했어야지 저렇게 하지. 나도 매일 누군가의 인생은 지적했고. 이렇게 해야 한다. 저렇게 해야 한다.

나이프   그래서 인간은 다 별로 거나, 다 괜찮거나…

스카프   천 원 줄걸.

나이프   네?

스카프   올 때, 공항 열차 탔거든. 목발을 짚은 남자가 내 옆에 앉아 손을 내밀었어요. '배고파서 그래요. 다리도 잘렸어요. 천원만.' 벌떡 일어나 다른 칸으로 옮겼어.

나이프   주지 그랬어요. 그럼 남자가 다른 칸으로 갔을 텐데…

스카프   냄새. 냄새 때문에 천원을 꺼낼 생각을 못 했어. 죽이고 싶더라, 나를… 칼이 필요한 사람은 나야. 주저앉아서 꺼이꺼이 소리까지 내며 울었어.

나이프, 스카프의 손을 잡아준다.

나이프   이어폰 있어요?

스카프   아니.

나이프   만원만 더 빌려요.

스카프, 돈을 꺼내 준다.

나이프   잠시만요.

나이프, 일어서 나간다.
안내방송이 들린다.

안내방송   안내 말씀드리겠습니다. 인천에서 파리로 가는 에어프랑스 KE5901편을 이용하시는 김승호 씨. 서울에서 오신 김승호 승객은 탑승구로 속히 오시기 바랍니다. 다시 한번 말씀드리겠습니다. 서울에서 오신 김승호 승객은 잠시 후 출발 예정이오니 지금 즉시 31번 탑승구로 오십시오.

스카프의 휴대전화가 울린다.
스카프, 전화를 받는다.

스카프   아들 왜? (듣고) 온다고? 어렵다며? (듣고) 안 와도 돼. (듣고) 알 거 같아서. 네가 못 온다는 이유. (듣고) 너 엄마 우는 거 보기 힘들어서 못 온다고 한 거지? (듣고) 그래. 기다릴게.

스카프, 전화를 끊는다.
나이프, 돌아온다.

스카프　어디 갔다 와?

나이프　이어폰 샀어요. 듣고 싶은 음악이 있어서.

스카프　무슨?

나이프　기다려 봐요.

나이프, 휴대전화에 이어폰을 연결하고 음악을 튼다.
이어폰을 한쪽씩 나눠서 귀에 꽂는 스카프, 나이프.

나이프　이 노래 들어봐요.

Don Mclean의 [Vincent]가 흐른다.

나이프　울고 싶을 때 딱 좋아요. 왜 우는지 설명할 필요도 없고… 노래 때문이라고 하면 되니까. '별이 빛나는 밤… 내 영혼을 알아보는 두 눈으로… 당신이 제게 하려는 말을 이제는 이해해요… 당신이 얼마나 고통을 받는지… 그들은 들으려고 하지 않았어. 그들은 당신을 사랑하지 않았지만 당신의 사랑은 진실했어요. 희망이 더는 보이지 않을 때… 당신은 목숨을 끊었어요… 이 세상은 당신처럼 아름다운 이를 위한 곳이 아니었어요… 당신이 하려던 말을 이젠 알아요. 그들을 자유롭게 하려던 걸… 그들은 영원히 못 들을지도… - Don Mclean의 [Vincent] 가사에서 일부'

스카프   그 아인 그랬을 거야. 너무 착한 아이였으니까.

나이프   그러니까 애들을 키울 땐 가끔은 나쁜 아이가 되는 법도 가르쳐야 해요. 이기적이게… 저만 생각하게… 그래서 덜 상처 받게…

스카프   다음에 다시 엄마가 되면 꼭 그럴 거야.

나이프   언니는 엄마가 다시 하고 싶은가 봐요? 난 아니에요. 혼자 살 거야. 남자로 태어나든 여자로 태어나든 상관없이 혼자, 혼자 살고 싶어요.

사이.

스카프   인생은 잔인해.

나이프   불공평하고 가혹해요.

스카프   그럼에도 불구하고 사는 거지.

나이프   길이 막히면요?

스카프   쉬어가는 시간일 테지. 가야 할 방향을 찾으라고…

나이프   …

스카프   선생 노릇 하려는 거 아니야. 나한테 하는 말이야.

나이프   …

스카프   왜?

나이프   이해가 돼서요. 이해하기 싫은데…

나이프의 휴대전화가 울린다.

나이프, 휴대전화를 받는다.

나이프 아들? 잘 지냈… (듣고) 공항에. 어떻게 알았어? (듣고) 아니야. 만날 사람이 있어서… (듣고) 아니라니까. (듣고) 오랜만에 엄마한테 전화해서 소리부터 지르니? (듣고) 그래 공항이다. 그게 뭐? (듣고) 만날 사람이 있었다고 했잖아. (듣고) 아니야. 네 아빠 만나러 온 거 아니라고. (듣고) 안 만나. 됐어? (듣고) 그래.

나이프, 휴대전화를 끊는다.

안내방송 승객 여러분께 안내 말씀드리겠습니다. 17시 30분 대한항공 KE981편으로 블라디보스토크로 가실 승객께서는 44번 탑승구로 와 주시기 바랍니다.

나이프, 시간이 멈춘 듯 움직이지 않는다.

스카프 괜찮아?

나이프 사랑한대요.

스카프 어쩔 거야?

나이프 어차피 칼은 버렸어요. 아까 입고 온 옷 버리면서…

스카프 …

나이프 뭔가를 진정으로 신경 썼을 때 있죠? 가장 중요한 게 생

303

각났던 적?

스카프 …

나이프 이번 생은 엄마니까. 계속 가면 애가 힘들 거 같아서요.

스카프 이번 생에 이기적이긴 틀린 거야. 자기반성이 많아지는 나이가 돼버렸으니까. 잘 생각했어.

스카프, 지갑에서 돈을 꺼내 나이프에게 준다.

나이프 뭐예요?

스카프 마지막 남은 기름으로 여기 왔다며? 가면서 주유소 들러야지.

나이프 이러지 마요. 똥차라 버려도 돼요.

스카프 그럴 거 없어.

나이프 어차피 운전 못 해요. 술 마셔서…

스카프 대리 불러.

나이프 번호라도 알려줘요.

스카프 그러지 말자. 살다가 우연히 만나게 되면 그때…

나이프 그럴 날이 있을까요…

스카프 한 번쯤 그런 날이 있을지도…

나이프 한 번쯤… 한 번은 그랬으면 좋겠네요.

사이.

스카프 먼저 가.

나이프 나야 기다릴 이유가 없어졌지만 언니는요? 같이 있을 게요.

스카프 아들이 온다고 했어.

나이프 고마워요.

스카프 나도.

나이프 진짜 고마워요.

스카프 가치 있는 말도 많이 쓰면 가치를 잃어.

나이프 그래도 할래요. 누구에게 고마운 마음 든 거 너무 오랜만 이라… 고마워요. 언니 만나지 못했으면 여러 인생 망칠 뻔했어요. 내 인생까지…

스카프 그래. 지금까지 열심히 살았는데 망치면 억울하지.

나이프 갈게요.

나이프의 발걸음이 쉽게 떨어지지 않는다.

스카프 헤어질 땐 미련 없이 돌아서는 거야.

나이프 선생 노릇 싫다면서…

스카프 미련 남을 거야. 오래… 그래도 살아.

나이프 살아요. 쉽지 않겠지만…

스카프 …

스카프, 악수를 청한다.

나이프, 스카프를 안아준다.

그리고 잠시 서로를 보다

나이프, 돌아서 간다.

혼자 남겨진 스카프, 이어폰을 꽂고 음악을 듣는다.

스카프의 휴대전화가 울린다.

스카프, 휴대전화를 받는다.

스카프 공항이라니까. (듣고) 왜라니. 네 동생이 오는 날이잖아.
(듣고) 1년 전이라니… 무슨 말이야? (듣고) 그랬니? 그랬
구나. (듣고) 아니야. 내가 갈게. 올 거 없어. (듣고) 알았어.
여기 있을게.

다시 음악을 듣는 스카프.

안내방송이 들린다.

안내방송 승객 여러분께 안내 말씀드리겠습니다. 인천에서 카트만
두로 가는 네팔 직항 대한항공 KE675편을 이용하실 승
객께서는 43번 탑승구로 와 주시기 바랍니다. 카트만두
에 도착하기 30분 전부터 창밖으로 에베레스트 산맥을
보실 수 있을 겁니다. 에베레스트는 지상 최고 높이의 산
입니다. 인생의 사전을 다시 써보고 싶은 분에게 권합니
다. 안전한 여정이 되시길 바랍니다.

스카프, 수첩을 꺼내 뒤적인다.

스카프 뭘 쓰고 있었더라.

나이프, 등장한다. 캐리어 사이에서 자신의 캐리어를 찾는다.
찾을 수가 없는지 대기석에 앉는다.

나이프 찾을 수가 없어.

스카프 찾을 수가 없다. 처음부터 가지고 오지 않은 것일까? 누
군가 가지고 간 것일까? 있어야 할 것이 없다는 건 잊었
거나, 잃어버린 것이다.

나이프 있어야 할 것이 없다는 건 잊었거나, 잃어버린 것이다.

스카프 우리 어디서 만난 적 있을까요?

나이프 글쎄요. 지나온 시간 어디쯤에서 만났을지 모르죠.

스카프 의지와 상관없는 일들에 치여 살다 보면 기억이 지워지
는 걸 잊고 살죠.

나이프 혼자세요?

스카프 아들을 기다려요. 혼자세요?

나이프 여행은 혼자 가는 거니까요.

스카프 어디로 가세요?

나이프 야크를 만나러… 그런데… 가야 하는데… 잃어버렸어요.

스카프 나도 잃어버렸어요.

나이프 인생이 더는 나아가지 말라고 말하는 거 같아요.

스카프 멈추라는 건 이유가 있을 거예요.

나이프 잃어버린 걸 찾으라고…

스카프 두고 온 걸 찾으라고…

나이프와 스카프, 서로를 마주 본다.

막 내린다.

김수미 공연 연보

- 초연

2022 〈스카프와 나이프〉 / 연출 주애리 / 극단 공연배달 탄탄 / 대학로 물빛 극장 / (12.8~12.22)

2022 〈무제의 시대〉 / 연출 송갑석 / 극단 모이공 / 씨어터쿰 / (1.21~1.30)

2021 〈잡아야 끝난다〉 / 연출 김상윤 / 극단 젊은 무대 / 공주 문예회관 소공연장 / (11.9) / 2021 공연장 상주단체 육성사업 창작 초연

2021 〈김유신-죽어서 왕이 된 이름〉 / 연출 김서현 / 극단 청년극장 / 진천군민회관 / (10.15) / 공연장상주단체 육성지원사업

2021 〈코러스〉 / 작, 연출 김수미 / 제7회 서울시민연극제 참가 / 우수상 수상 / 대학로 드림시어터 / (9.3)
同작품 민간예술지원 / 극단 코러스 / 호원아트홀 / (2022/11/23)

2020 〈별이 쏟아진다〉 뮤지컬 / 극단 단잠 / 연출 장봉태 / GS칼텍스 예울마루 소극장 / (12.29~30)

2018 〈고래가 산다〉 / 극단 유목민 / 연출 손정우 / 대학로 예술극장 대극장 / (3.2 ~3.10) / 2017 창작산실 올해의 신작

2017 〈인생 오후 그리고 꿈〉 / 극단 가변, 극단 코러스 / 연출 이성구 / 강동아트센터 대극장 / (4.8) / 제2회 대한민국연극제 서울대회 금상 수상 同작품 2022. 10.20. 카자흐스탄공화국 국립 아카데미 고려극장 / 연출 강태식

2017 〈좋은 이웃〉 / 극단 수 / 연출 구태환 / 대학로예술극장 소극장 / (2017.1.7. ~1.20) /2016 창작산실 올해의 신작

2016 〈각시야 각시야 우렁각시야〉 / 극단 인향 / 연출 이성권 / 김포아트홀 / (8.20) / 2016전문예술인창작지원

2016 37회 서울연극제 공식선정작 〈잔치〉 / 한양레퍼토리 / 연출 신동인 / 남산 예술 센터 드라마센터 / (2016.4.29.~5.7)

2015 〈나는 꽃이 싫다〉 / 그룹 動시대 / 연출 오유경 / 소극장 씨어터 송 / (2015.12. 22.~2016.3.13) / (오유경 –서울연극인대상 연출상)

2015 〈달의 목소리〉 / 극단 독립극장 / 연출 구태환 / 소극장 알과 핵 / (8.14~9.20)

2015 제3회 여성극작가전 〈현장검증〉 / 프로젝트 아일랜드 / 연출 서지혜/ 소극장 알 과 핵 / (2015.7.22~7.26)

2015 〈그녀들의 집〉그룹 動시대 / 연출 오유경 / 서초동 소극장 씨어터 송 / (5.1
~6.14) / 2015서울연극제 자유참가작 작품상 수상

2014 〈2인극페스티벌-타클라마칸〉극단 한양레파토리 / 연출 신동인 / 연우소극장 /
(11.12~11.16)

2014 〈유목민리어-리어 길을 잃다〉극단 유목민 / 연출 손정우 / 설치극장정미소
/ (4.15~4.27) - Asian Shakespeare Association (ASA) 대만 공식 초청작
(5.)

2013 〈레몬〉극단 유목민 / 연출 손정우 / 정동세실극장 / (10.3~10.13)

2013 〈사악장〉낭독공연 / 소극장 노을 - 작/연출

2012 〈새 - 깃털의 유혹 : 국립극단 단막극연작〉연출 윤호진 / 판 / (4.21~5.13)

2011 국립극단 [판을 뒤집어라] 선정작 낭독공연 〈집〉- 작/연출

2011 〈녹색태양〉- 극단 소금창고 / 연출 이자순 / 소극장 정미소 / (12.1~12.12)

2011 〈나비효과 24〉- 극단 소금창고 / 연출 이자순 / 알과핵 소극장 / (6.8~6.19)

2011 〈문〉- 극단 숲 / 연출 임경식 / 동숭아트센터 소극장 / (6.12~6.19)

2010 공연예술창작활성화지원(서울문화재단) 〈애국자들의 수요모임〉- 극단 민예
145회 정기공연 / 연출 정현 / 아리랑아트홀 / (12.1~12.19)

2010 서울 연극제 '미래야 솟아라' 참가작 〈나비효과24〉- 극단 화 / 아르코 예술극장
/ (이자순 - 연출상 수상)

2010 무대지원금 선정작 (서울문화재단) 〈그런 눈으로 보지 마〉- 극단 미학 제17회
정기공연 / 연출 정일성 / (3.26~4.4) / 동덕여대 공연예술센터 대극장

2009 공연예술작품공모(서울문화재단) 선정작 희곡 〈지옥도 Dark Picture〉- 극단민
예 / 연출 김성환 / (9.4~9.13) / 서강대 메리홀 공연

2009 제1회 동랑희곡상 수상작 〈태풍이 온다〉극단 전망 / 제2회 2009 통영 연극예술
축제 개막공연. / 연출 심재찬 / (6.5~6.6) / 통영시민문화회관 대극장

2007 〈위험한 시선〉극단 쎄실 창작극시리즈 18번째 / 연출 이자순 / 대학로 게릴라
극장 / (7.18~7.29)

2007 〈장미를 삼키다〉로 극단 사계가 부산 연극제 참가 同 작품으로 부산 SH소극장에
서 공연 / (5.11~6.10)
2022년 제3회 여주인공 페스티벌 특별기념 공연 - 극단 행복한 사람들/연출 김
관 / 물빛극장/ (8.3~14)

2007 무대지원 선정작 〈선지-짐승의 피〉극단 민예 142회 정기공연 / 연출 이자순 /
대학로 마로니에 극장 / (4.27~5.27)

2006 〈눈물의 여왕〉각색 / 카자흐스탄 고려극장 / 연출 강태식 / 2007년 중앙아시아
국제 연극페스티벌 대상

2005 〈나는 날마다 죽는 연습을 한다〉극단 아루마루가 2005 일본극작가대회 참가(나
고야) / 일본극작가협회에서 발간하는 계간지에 수록 同작품으로 극단 아루마루

가 대학로 마당세실에서 공연 / (10.7~10.30)

2004 서울시 무대공연 지원 선정작 희곡 〈바람의 딸〉 극단 민예 제134회 정기공연/
연출 김성환 / 세우아트센타 공연 / (12.18~12.28)

2003 뮤지컬 〈애기봉〉 김포연극협회가 김포여성회관에서 공연 / (9.27~9.28) 同작품
극단 인향에 의해 김포여성회관에서 재공연/ (2004.4.5~4.7)

2002 〈이브는 아담을 사랑했을까〉 2002 혜화동 1번지 3기동인 festival 섹슈얼리티
전 참가작 / 극단 연극집단 反 / 연출 박장열 / 혜화동 1번지 / (9.19~9.29) 同
작품이 사후지원금에 선정, 극단 연극집단 反이 문예회관 소극장에서 공연 /
(2003.12.12~12.28)

2002 〈양파〉 극단 전망 / 연출 심재찬 / 바탕골 소극장

1999 〈귀여운 장난〉 극단 창작마을 / 연출 박혜선 / 명동예술극장 / (4.14~4.25)

1998 여성국극 〈진진의 사랑〉 (원안: 김진진 자서전) 극단 학전 / 연출 이정섭 / 학전블
루

1998 〈사랑아! 사람아!〉 / 동숭아트센타 소극장 공연 / (5.8~5.24)

1997 조선일보 신춘문예 〈부러진 날개로 날다〉(문예회관 소극장)로 데뷔

• 각색

2020 〈이스크라:잃어버린 불꽃〉 휴머노이드극 / 연출 이성구 / 대학로 [씨어터 쿰] /
(3.14~3.21)

2019 〈장남 - 원작 A.범벨로프 / 번역-함영준 / 극단 코러스 / 연출 함영준 / 강동아
트센터 소극장 / (10.31~11.1)

2019 〈감옥으로 간 메르타 할머니 - 원작소설 카타리나 잉엘만순드베리〉 각색 / 극단
대학로극장 / 연출 이우천 / 알과핵소극장 / (10.23~11.3)

2018 〈푸른사다리 - 원작소설 이옥수〉 각색 / 극단 치악무대 / 연출 유림 / 치악예술
관 / (12.5~6)

2017 〈차남들의 세계사-원작소설 이기호〉 각색 / 극단 치악무대 / 연출 권오현 / 치악
예술관 / (12.21) / 2017 공연장상주단체육성지원사업

• 윤색

2021 〈삼촌-바냐아저씨〉 / 인덕대학교

• 드라마트루그

2022 〈갈매기〉 / ㈜극단체컴퍼니/카자흐스탄 국립아카데미 고려극장 / 연출 강태식,
김준경 /대학로 동덕여대 공연예술센터 코튼홀 / (6.23~6.26) / 2022 한국 카자
흐스탄 수교 30주년 초청기념 서울공연

• 시나리오

2012   〈노크〉 - 노마드필름 제작, 이주헌 감독
2012   〈자칼이온다〉 각색 - 노마드필름 제작, 배형준 감독
2009   〈청담보살〉 - 전망좋은영화사 제작, 김진영 감독
2007~8 프라임엔터테인먼트 전속 시나리오작가 활동
2006   HD 장편영화 〈형제〉 - 일본개봉, 이주헌 감독

• 드라마

2012   MBN TV영화 〈노크〉 - 이주헌 감독